The Elephant Girl

大象女孩

[赞比亚] 爱伦 · 班达 – 阿库 [美] 詹姆斯 · 帕特森
[美] 索菲亚 · 克雷沃伊 著 张靓靓 译

上海社会科学院出版社
SHANGHAI ACADEMY OF SOCIAL SCIENCES PRESS

图书在版编目（CIP）数据

大象女孩 /（赞比亚）爱伦・班达－阿库，（美）詹姆斯・帕特森，（美）索菲亚・克雷沃伊著；张靓靓译．—上海：上海社会科学院出版社，2024

书名原文：The Elephant Girl

ISBN 978-7-5520-4386-0

Ⅰ．①大… Ⅱ．①爱… ②詹… ③索… ④张… Ⅲ．①儿童小说－赞比亚－现代②儿童小说－美国－现代 Ⅳ．① I473.84 ② I712.84

中国国家版本馆 CIP 数据核字（2024）第 097001 号

上海市版权局著作权合同登记号：图字 09-2024-0179 号

大象女孩

著　　者：［赞比亚］爱伦・班达－阿库　［美］詹姆斯・帕特森
　　　　　［美］索菲亚・克雷沃伊
译　　者：张靓靓
责任编辑：杜颖颖
特约编辑：七　月　张培培
装帧设计：刘邵玲　邱兴赛
出版发行：上海社会科学院出版社
　　　　　上海市顺昌路 622 号　邮编 200025
　　　　　电话总机 021-63315947　销售热线 021-53063735
　　　　　https://cbs.sass.org.cn　E-mail: sassp@sassp.cn
印　　刷：河北鹏润印刷有限公司
开　　本：880 毫米 ×1230 毫米　1/32
印　　张：7.25
字　　数：85 千
版　　次：2024 年 6 月第 1 版　2024 年 6 月第 1 次印刷

ISBN 978-7-5520-4386-0/I・529　定价：34.80 元

献给萨达和奎库，永远感谢你们！

——爱伦·班达－阿库

感谢爸爸鼓励我踏上每一段冒险之旅，去过充实的生活；感谢妈妈和姊妹们，给予我无尽的爱和支持。

——索菲亚·克雷沃伊

人物表

贾玛·安扬格：肯尼亚马赛族女孩。

阿露娜：贾玛的妈妈。

哈马迪：贾玛的爸爸。

布萨拉·坎登格：阿露娜的好友。

阿奇尼：阿露娜的好友。

纳迪亚：贾玛的好友。

纳赛里安：贾玛的曾姑奶奶。

海丽斯、恩达娜、丽萨、奇瓦娜、法蒂玛：贾玛的同学。

杰拉尼：贾玛的同学，纳迪亚的心上人。

索罗·穆古：奈本加保护区新任首席巡逻员。

勒库：贾玛的同学，索罗·穆古的儿子。

乌莫加：贾玛所在部落的首领。

穆塔：贾玛的老师。

奥吉旺：奈本加保护区的管理员。

瓦马伊：肯尼亚野生动物管理局的巡逻员。

达菲娜、马修、阿丹、哈萨娜、内森：大卫·谢尔德里克野生动物信托基金会的工作人员。

萨尔：意大利移民，比萨店老板。

沙巴：象群首领，小象姆贝古的妈妈。

姆贝古：沙巴的孩子，贾玛的朋友。

露露、巴瓦、默多克：象群成员。

序幕

我的秘密藏身地离水坑只有十五步远。水是浅棕色的，倾斜的坑边全是泥，上千种动物的爪子和蹄子在那里留下了印迹：水牛、猴子、斑马、瞪羚、狮子……在水坑一侧，有一棵倒伏的大树，干枯的树枝四周环绕着绿色灌木。而在另一侧，是一片带刺的灌木丛，上面结满了圆圆的黑色果实。

四周很安静，但危机四伏——这正是我称它为“秘密藏身地”的原因。当烦心事压得我喘不过气时，我需要为自己打造一个避风港，远离村庄和所有的规则。作为一个十二岁的女孩，我愿意为拥有这样一个隐秘的藏身地冒险。这是青春的魔法之一：在谁都想不到的地方一个人待着，独享快乐。

那是特别的一天，我没看到什么动物，只有一群傻乎乎的沙鸡在坑边蹚水玩。但是到了下午稍晚些再去看的时候，它们就已经在那儿了。大象，我的大象！那是我之前见过的象群。

这个拥有庞大身躯的物种总是让我感到惊讶。它们走起路来是如此优雅，如此轻盈，像微风一般温柔。等它们靠近的时候，我躲回灌木丛深处继续观察。走在最前面的，是我取名为“沙巴”的那只母象。

我看到它翘起鼻子——就像一面旗子，在空中嗅来嗅去。它能闻到我的气味吗？我暗自猜想。

就算能闻出来，看上去它也并不在意。沙巴带领象群来到水边，开始喝水。

我的心怦怦直跳，真担心它们会听到。无论多少次看见大象，我都能感觉到有一股力量直冲胸膛。

沙巴转身离开水坑，我看见一个像粉色树桩的东西从它的臀部露了出来。

它是受伤了，还是生病了？

它灰白的脸颊一鼓一鼓的，一双大耳朵来回摆动。其他母象挤到它四周，可它却向后退了退。

我看得出来，它想要一些空间。

象群坐立不安，来回走动，掀起一片淡粉色的灰尘。有那么几秒钟，我根本看不清究竟发生了什么。

一两分钟后，沙巴停了下来，张开后腿，好像要坐到一张看不见的凳子上。接着，它摇了摇自己硕大的脑袋。突然，一个闪亮的湿囊从它身上露了出来，掉到地上。湿囊里，有个轮廓非常清晰。

我简直不敢相信自己的眼睛。那是一只小象！

1

穿衣服的时候，我能感觉到妈妈的目光一直停留在我身上。当内心的两种情感相互碰撞时，她脸上总会浮现出木然的神情，就好像在努力决定下一秒是该快乐还是该悲伤。

爸爸去世以后，妈妈一直是这种状态。她想念爸爸时，我总能马上感知到，就像现在。尽管已经过去快四年了，每当我想起爸爸，仍然如鲠在喉。

“贾玛，你看上去美极了。”妈妈对我说。木桌旁斜靠着一面小镜子，我们一齐望向镜中的我。和所有妈妈一样，因为爱，她没说真话。

尽管在我状态最好的时候偶尔会被夸“可爱”，但我从不相信自己是个美丽的女孩，我连普通的好看都称不上。平时我更喜欢穿舒适的校服，但眼下，我是在为一个特殊的场合盛装打扮，这让我感到兴奋。

妈妈的好朋友布萨拉·坎登格最近一次去内罗毕市场时，带回一块全新的束卡[①]，我特别喜欢。妈妈小心翼翼地用这块很大的正方形布料（上面有我们马赛人世世代代穿在身上的传统格子图案）装扮我，把它披在我纤细的肩膀上，同时系在腰间。

接着，妈妈把她花了好几个星期才做好的项链系到了我的脖子上，项链上满是又大又亮的珠子。我们马赛人以珠子饰品、精美的项链与珠宝闻名于世。妈妈给我做的是个扁平项圈，上面有十排珠子：红色的、蓝色的、黄色的，色彩斑斓。今天，每个人都会身穿自己最喜欢的服饰，好好打扮一番。

我用手指轻抚项链——这些用骨头和黏土做成的珠子很光滑，又摸了摸柔软的羊毛束卡。明亮的黄色与红色格子图案映衬着我黝黑的皮肤，而这个项链让我觉得自己优雅成熟，就像妈妈一样。

妈妈递给我一些胭脂和一盒椰子油。难道还要化妆？这可有点儿过了。

“妈妈，一定要化妆吗？”我并不喜欢抱怨，可我也不

---

① 束卡，一种格纹布，也被称作马赛毯，是肯尼亚传统服饰。本书注释均为译者注。

想打扮得太过分。

“噢，少来……就抹一点儿，无伤大雅。”说完，她把椰子油抹到我剃光的头皮上，不断按摩，直到我的头皮发亮。

看得出来，妈妈很享受这个过程，她的嘴里一直哼唱着《玛莱卡》[①] 的曲调——这是一首古老的斯瓦希里语情歌。“玛莱卡，我深爱着你，玛莱卡……”爸爸曾对妈妈唱过，“天使，我深爱着你，天使。”

当唱到男人想娶他心目中的天使却苦于囊中羞涩时，妈妈用胭脂往我的脸上抹了几个小点点——我没有拒绝。化完妆，她在我的额前系了一条缀满黄色珠子的发带，又紧了紧我的束卡——这样，无论我今天跳多少支舞，它都会乖乖地待在原位。

“好了。”妈妈心满意足地对我说。然后，木然的眼神再次浮现。

---

① 《玛莱卡》是一首古老的斯瓦希里语情歌，“玛莱卡”的意思是天使。

2

我没那么在意自己是不是很漂亮，但再一次照镜子的时候，我很开心。我一直不喜欢自己的眼睛，因为它们太大了，但今天我的眼睛看上去与整张脸完美契合。胭脂也提亮了我的高颧骨，我最好的朋友纳迪亚曾说这是我长得最好看的地方。此刻，我开心极了，因为我看上去就像妈妈。她真的非常漂亮，每个人都这么认为——尤其是爸爸。他总说妈妈是那种你想要为之写情歌的女人。

“今天会是美好的一天，贾玛。”

我满怀热情地点了点头。过去的一个星期、一个月，乃至我生活中的每一分钟都在热切盼望着俄诺托[①] 庆典的到来，

① 俄诺托，马赛族传统成年礼。马赛人每隔4至5年举行一次成年礼，参加成年礼后的男子可以娶妻生子，组建家庭。

这是我第一次参加成年礼。虽然这些年里，我们的村子已经变得越来越现代化，但我们仍然会为族群成员举办马赛人的传统仪式。

我的脑海中浮现出马赛族男孩的身影，这些年轻的勇士也在等待着这个重要日子的到来。村里的所有人将聚在一起，见证他们蜕变为真正的男子汉，为娶妻生子做准备。

在古老的传统中，男孩们要在勇士营地一起生活十年。在那里，他们学习如何在丛林中生存，并通过完成像杀死一头狮子那样的任务来证明自己的坚强无畏。这些训练让他们做好准备，去保护数量庞大的牛群，去捍卫马赛人的荣耀，彰显马赛人的力量。

在很长一段时间里，我们的勇士都令人闻风丧胆，因为在四处寻找草场时，他们会征服其他部落。然而，疾病和干旱夺走了许多人和牛的生命。最重要的是，白人来了，他们偷走了马赛人的土地。哪怕是最勇猛的战士手握最锋利的长矛，也无法与持枪入侵的军队相抗衡。

于是，我们的传统不得不随之改变。现在，男人们必须去上学和工作，他们没有时间在勇士营地里待上十年之久。而且，即使没有新的法律禁止捕杀野生动物，也不再有人想杀死一头狮子了——除非是为了保护牛群别无选择。

感谢至上神恩克艾[①]，让动物们得到了庇佑。

① 恩克艾，非洲神话里的至上神，被认为是万物的主宰和一切生灵的创造者。非洲各个部族的传说和神话中至上神的名字不完全一样，恩克艾是其中一个叫法，书中有时也用“神”来指代。

3

“我去看看纳赛里安准备好了没有。”我对妈妈说完便走出门去。纳赛里安是我爸爸的姑奶奶，在院子里走几步就到她的小屋了。①

我家的院子比其他人家的都小一些，只有四间小屋，是妈妈在她朋友的帮助下建起来的。她们铺了一层又一层的泥巴、木棍和草，最终盖好了这些带屋顶的圆形小房子。接着，她在四间小屋外围了一圈篱笆。这圈篱笆用带刺的藤蔓做成，非常结实，可以彻底断掉野生动物想进来逛逛的念头。

我们的屋子虽然狭小却很温馨，妈妈和我相拥睡在地板

① 马赛部落传统院落由一个或多个家庭组成，通常由家庭成员共同居住。

的草垫上，我每天都能伴着她轻柔的鼻息入睡或醒来。小屋的窗户上覆盖着一层网，透过它，我可以看到日出、飞鸟，还有雨落。

走过另外两间小屋，就到纳赛里安的住处了——她的小屋在最里边。夹在中间的两间小屋一间用来做饭，此时正冒着一缕青烟；一间用来作为妈妈的手工凉鞋作坊，它散发着浓浓的皮革味道。实际上，这两间小屋原本是留给我们这一代的——爸爸妈妈曾打算生很多很多孩子，男孩们住一间，女孩们住另一间，但是这个计划落空了。在爸爸去世之前，他们只有一个孩子，那就是我。所以，现在家里只有妈妈和我，还有住在第四间小屋的纳赛里安。

走在院子里的时候，几只小鸡轻轻地啄我，冲我咯咯叫。我家那只瘦山羊则慵懒地瞟了我一眼，给它挤奶是我的日常工作——明天又得继续。除此之外，我还负责收捡鸡蛋。不过现在，我得离它们远一点儿，以免把新衣服弄脏。

我靠在纳赛里安那间昏暗又狭窄的小屋门口。学校里已经用上电了，多亏那台巨大的（吵闹的）发电机，但我家还没通上电。纳赛里安觉得这样挺好，因为她不相信发电机，她认为光应该只来自火和太阳。

虽然屋外太阳当空，但在纳赛里安的小黑屋里，我只能借着一小根蜡烛的烛光模糊地看到她那双浑浊泛黄的眼睛。

屋子里有一股像卡兰加炖菜[1] 在炉子上放了很久后散发出来的霉味。我屏住呼吸，小心不让她发现。如果我不尊重别人，尤其是不敬重长辈，妈妈是绝不会轻饶我的。

纳赛里安年事已高，她说如果天神恩克艾再不让她快点儿魂归大地，她已经掉光的牙齿就要重新长出来了。她有永远讲不完的谚语，但村子里的人大多没耐心听她讲冗长的故事，只有我崇拜她。

“安好，曾姑奶奶！”我问候道。

“安好。是你吗，贾玛？”她一边问，一边眯着眼睛望向跟着我一起进来的光晕。纳赛里安的视力也不太好。

“是我。我来接您去观礼，准备好了吗？”我走进小屋，来到爸爸做的小木椅旁，轻吻了她一下，然后搀扶她站起身来。她就像一只蜂鸟，轻盈柔和地依偎在我的臂弯中。

“是的，孩子，我准备好了。这可能是我被神召回之前最后一次参加成年礼了。”

“您别这么说。”

我已经习惯了。每一天，我的曾姑奶奶都宣布死亡即将来临，但她每天都活得好好的，整天嚼着一口袋的腰果，并

① 卡兰加炖菜，一种肯尼亚炖牛肉，和土豆、大米或玉米粉团一起食用。

且固执地准备好另一个故事和另一个教训。我很难相信她不会一直活下去。

我不清楚纳赛里安的确切年龄，因为在人们开始记录出生日期之前，她就已经来到这个世界了。她告诉我，他们那时候是根据季节来估算年龄的。如果一个小孩经历过三个雨季，那他的年龄就是三岁。我想那个时候的四季更替更有规律并值得信赖，因为那时还没有全球变暖这个问题扰乱环境与气候。

纳赛里安大约出生在英国人将马赛人赶走十年后。我从历史课上学到过，那是 1911 年，也就是说，她差不多有一百岁。难怪她有那么多故事可讲。我已经做好了准备，听她从勇士营地的过往讲起，长篇大论地讲述保持传统的重要性，因为纳赛里安最喜欢的主题就是“古老传统”。

可是那天早上，她一反常态，出奇地安静。

4

纳赛里安用力地拄着拐杖，我们拖着步子慢慢地朝用茅草搭建的篱笆门走去——妈妈正在那儿等着我们。

阳光照耀着妈妈头上那些闪闪发亮的珠子，就好像给她佩戴了一顶皇冠。她明亮的笑容点亮了嘴角。此刻，悲伤偃旗息鼓，欢乐占据上风。妈妈总是说，如果我们能一直顺势而为做正确的事，就会平安喜乐。

“纳赛里安，您准备好跳舞了吗？”妈妈喊道，眼里闪着喜悦的光芒。

老人家摇摇头，哈哈大笑。

走到妈妈跟前时，我突然伸开双臂，紧紧地抱住了她。她为我的这个举动而惊讶，我也是。

我已经不再是那个总抱着妈妈，挂在她的腿上或者紧握她的手不放的小女孩了。但此时此刻，我感觉自己又回到了儿时，回到了上学第一天妈妈送我去学校的那一刻。

最近时常会这样，不知道从哪儿喷涌出一股情感，有时候是快乐，更多的时候是因为爸爸去世而产生的怨怒。这些没来由的、不可名状的情感总是如暴风雨般突然出现，令我备受煎熬。

松开双臂的那一刻，我感到有些害羞，赶紧朝前多走了几步路。

我们沿着布满石子的土路走过邻居们的院子。那些院子都空无一人，人们已经去观礼了。一路上能看到很多牛棚，走过它们的时候，一些正在吃草的奶牛纷纷抬起头来，瞪着大眼睛，对我们行注目礼。我爱这片平坦辽阔的土地，四面八方的景物尽收眼底，棕褐色的草长得高高的，一眼望不到边际，墨绿色的灌木丛与金合欢树镶嵌其中。

当纳赛里安还是个小女孩的时候，马赛人仍过着游牧生活，迁徙范围达数百英里[①]，大批珍贵的牛也随之到各个牧场吃草。不过，现在我们已经定居下来。随着四季更迭游走在不同的地方固然惬意，但有家的感觉也很美好。

从出生那一刻起，我就生活在这里。这片土地有我所知道的一切，我就像熟悉自己的身体一样熟悉这里的气味和声

---

① 英里，一种英制长度单位，1英里约合1.6093千米。

音，这令我感到安心。

此时，两只灰蕉鹃俯冲下来，它们头顶上的高冠羽毛就像独角兽的角，独特的叫声像新生儿的啼哭般清脆响亮。它们不停地呼唤彼此，好像知道今天要举办一场盛大的典礼，也来分享我们的欢欣。

纳赛里安走得实在太慢，都够我和妈妈打个来回了。不过很快，我们就闻到了烤肉的香味，听到了号角声，感受到了越来越欢腾的节日气氛。似乎整个肯尼亚的人都来庆祝了。

5

所有人都围聚在学校前，那是一座只有一间房的红砖建筑，在艳阳的照耀下闪着橘黄色的光。学校对面是一排摊位，人们用波纹金属板隔开一张张小桌子，在那里卖水果、珠子和谷物。

我撇下妈妈和纳赛里安，转身去找纳迪亚。原以为她会陪着家人，没想到在学校院子边的大钟前看到了她，她正和海丽斯、恩达娜、丽萨、奇瓦娜这几个女生待在一起。

她们肩并肩紧紧地围成一圈，就像我家那带刺的篱笆一样密不透风，让人难以靠近。我决定转身离开，但纳迪亚已经看到我了。她一边费力地挤出一点儿缝隙，一边挥手让我过去。

“这是贾玛吗？你化妆了？真是个特别的日子啊！”她大笑着逗我，用手掌心轻抚我的脸颊。接着，她抓住我的手，捏了几下。她的动作让我感到暖心。

这些天来，我始终弄不清到底哪一个才是我认识的纳迪亚。有时候，似乎什么都没有改变。毕竟，从会走路开始，我们就在一起玩耍了。我们的生日只隔四天，两个妈妈都说，我们是在同一片月光下出生的姐妹。

纳迪亚知晓我生命中的每一个秘密：她知道，有时候我会觉得爸爸去世是我的错；她知道，有一次我从妈妈的好友阿奇尼的市场摊位上偷了一个石制小手镯，想看看自己能不能戴，但受不了羞耻心带来的煎熬，很快把它还了回去；她还知道，几个月前，我因为初潮特别恐惧，还以为受伤了，担心自己会像爸爸一样因感染而死去。

纳迪亚总能理解我，她从不随意评判。她也会把自己的秘密分享给我，比如有时候她不相信至上神恩克艾，但又担心因此被神惩罚。我忍不住笑她，怎么可能一边担心被神惩罚，一边又不相信神的存在呢？纳迪亚也笑了。我很清楚，尽管纳迪亚对神有所怀疑，但她依然心存对神的信仰。

最近，纳迪亚的全部心思都在杰拉尼身上。她梦想能够嫁给他，并且迫不及待地希望有一天能搬到内罗毕——在那里，她可以和杰拉尼在喧嚣的音乐中热舞。

也许某一天，我也会想去内罗毕——但肯定不是为了在喧嚣的音乐中热舞。说真的，我不明白为什么纳迪亚或其他什么人会想要嫁给杰拉尼，或者我们认识的任何一个男孩。这些男孩脑子里只想着一件事，那就是踢足球。

这是我和纳迪亚之间的问题之一。虽然我们才十二岁，但她的脑海里全是男孩、结婚，以及成为一名好妻子。我开始意识到，当她和其他女孩梦想着和男孩们在一起时，我梦想的却是和男孩享有同样的自由与权利。那样的话，我就可以随心所欲地奔跑，如饥似渴地学习，就算不穿裙子也不会有人指指点点，被人提醒凡事要“得体”。也许，还能上大学——这是我梦寐以求的事。我想学习和研究怎样救助动物，怎样关爱地球——我们的家园现在变得越来越炎热干燥了。

和纳迪亚她们围在一起时，我想起了几周前的一件事，不禁脸颊发热。那是一次放学后，在学校院子里，纳迪亚说她们聊到了我，说“贾玛心比天高”，以及“她觉得自己可聪明了”。

虽然纳迪亚的转述听起来刻薄，但我相信她并无恶意。不管怎样，她们说得没错，我的确觉得自己很聪明，而且也不认为这是坏事。可想起这些话还是让我鼻子一酸，眼眶发红。为了不让纳迪亚发现，我快速地眨了眨眼睛。

幸好她的注意力全在学校里那些打闹嬉戏的男孩身上，其他女孩也是。她们高声笑着，听起来刺耳又做作。我抬眼望去，想瞧瞧她们都在盯着谁看。

6

原来是勒库。

自从几个月前和家人搬到这里，这个新来的男孩就成了话题中心。勒库与他的父亲索罗·穆古并排站着。他父亲是一个威严的男人，像长颈鹿一样高，总是戴着一副墨镜，身穿肯尼亚野生动物管理局[①] 的制服。作为负责奈本加保护区的新任首席巡逻员，他来这里协助打击这个地方的偷猎行为。

几个星期前，保护区的代表们曾来过我们学校。保护区紧挨着我们小镇，与旨在关注野生动物安全与生存问题的肯尼亚野生动物管理局或其他机构有所不同，奈本加保护区的

① 肯尼亚野生动物管理局，是肯尼亚的国家官方机构，其任务是保护和管理肯尼亚的野生动物。英文为Kenya Wildlife Service（KWS）。

大多数员工都是马赛人。代表们详细介绍了有关偷猎者的情况：这群人四处游荡，猎杀大象，盗取象牙，随后卖到国外。他们还公布了多组令人心痛的数据，比如在非洲，每年有约两万只大象被猎杀。

我算了一下，这意味着平均每天有五十五只大象被猎杀。按照这个速度，不久以后，这个世界就不会有大象了。每一个生命的消逝都令我悲恸，而在贪婪无情的偷猎者手中白白死去，更让我义愤填膺。所以，我很欢迎索罗·穆古的到来，期待他能将偷猎恶魔们绳之以法，叫他们永无翻身之日。

如果说有谁能凭借一个眼神就震慑住偷猎者，那索罗·穆古绝对当仁不让——他令人不寒而栗。他绷成一条直线的嘴，威严中透着些许不快，与成年礼的欢快氛围格格不入。

他的儿子看上去也是一脸的不高兴。不过，勒库总是这副表情，就像一直在咀嚼苦涩的草药似的。虽然他这学期初才来学校，却已经和其他男生打了至少四次架了。我不清楚原因，但看得出来，他似乎想证明什么。

我实在搞不懂这些女孩为什么觉得勒库有魅力。他不仅像河马一样好斗，而且长得也像河马——脑袋又大又方，两条腿又短又粗。和往常一样，她们不停地谈论他。我琢磨着，也许是因为我们太熟悉这群一起长大的男孩了，对他们失去了新鲜感，而勒库是新来的，所以更引人注目。

就在我抬头看向他的时候，我发现勒库正目不转睛地盯着我。

“他正看你呢。”丽萨有点儿吃惊。

“你应该挥挥手。”纳迪亚低声说，一边笑一边用胳膊肘推我。

我还没想好怎么回应，只听有人大喊一声：“瞧——勇士们来了！”

7

人群迅速左右散开，一个激动人心的画面出现在眼前：由数十名男子组成的游行队伍耀眼夺目，他们手持长矛，身穿象征战争与鲜血的红色束卡，头发也染成了赭石色——这是仪式开始前，他们的妈妈亲手涂上去的。

学校旁边有一棵巨大的猴面包树，看上去就和地球一样古老，树干像一辆汽车那么宽。我们的莱邦[1] 乌莫加正平静地坐在那里，稳如磐石。和纳赛里安一样，他也历经了百年风霜。我想，他应该是世界上四肢最长的人，看上去就像一只蜘蛛。

勇士们一个接一个地走到乌莫加身边，用自己的肩膀轻

① 莱邦，马赛部落首领。在马赛族的传统中，部落首领拥有绝对的权力。

触他的肩膀以示敬意，我们这些观众都在为他们欢呼雀跃。接着，勇士们跳起了阿杜姆[①]。他们跳上跳下，吟诵着对神的感激之情，同时祈求神的庇佑。勇士们手握长矛，依次腾空跃起，比谁跳得高。跳得越高，欢呼声就越响亮。

当我再看过去的时候，勒库和他爸爸已经不见了。

纳迪亚和其他女孩早已将目光转向了杰拉尼。他站在游行队伍的最前面，戴着精致的头饰——无论跳得多高，他的头饰都纹丝不动。杰拉尼的脸上满是用红色油彩绘制的繁复图案。他的确是我们班最帅的男孩——这一点就连我也得承认。

不仅女孩们都在看他，连男孩们也被迷住了。杰拉尼跳得最高，喊得最响，他洁白整齐的牙齿和流畅的肌肉线条俘获了所有人的心。像其他人一样，杰拉尼也扎了一头长长的发辫垂挂在后背。不过很快，等仪式结束，这头发辫也就不复存在了。他激情澎湃地高喊着，我转头望向纳迪亚，她看上去好像快要晕倒了。

丽萨拉着纳迪亚的胳膊说："今晚在法蒂玛家，你要是看到杰拉尼，一定要告诉他有多帅。"法蒂玛是我们的同学，她爸爸是从美国来的，在几公里之外有一个小型狩猎场——从英国、美国或者荷兰来的白人都住在那儿。狩猎场的后面

---

① 阿杜姆，一种马赛族传统舞蹈。

有一个小游泳池，有时候，法蒂玛的家人会允许她邀请朋友去那里玩。

纳迪亚趁人不注意，迅速地瞥了我一眼。

“每个人都去法蒂玛家吗？”我知道不该问这个问题，也知道答案是什么——我肯定不在受邀之列，但问题还是脱口而出了。

我以为我已经习惯了不合群的感觉，但这就好像被蚊子咬了一个包，时不时还是会发痒。女孩们面面相觑，我真希望自己能收回这句话，别让她们如此尴尬。可惜为时已晚——我从她们的眼神中捕捉到一丝略带紧张的怜悯。趁她们还没有找到蹩脚的借口，或者更糟——因为歉疚而盛情邀请我加入，我赶紧转身离开。

我的心情一落千丈，比白头秃鹫俯冲觅食的速度还快。一瞬间，身边的舞蹈、庆典和欢呼声都让我心烦意乱。我四处闲逛了一会儿，希望能让消沉的情绪散去——毕竟这是个欢乐的日子，可是没过多久我就放弃了这个念头，决定早点儿回家。我只希望妈妈玩得开心，她日夜辛苦劳作，该好好放松放松了。

我决定绕个远，沿着学校后面那条通往树林的小路回去。喧闹声越来越远，可我依然能听到身后传来的阵阵笑声，那声音似乎仍在嘲弄我。

8

月亮升起来了，金色的光华映照着紫罗兰色的夜空，在光洁的树叶上翩翩起舞。正当我全神贯注地欣赏光影之姿时，沉寂被打破了。更准确地说，我被一声怒吼吓了一大跳。循着声音走去，我的眼前出现了一间砖砌的小房子——和我们学校一样，这是新任巡逻员的家。我循着喊声来到后院，出于本能，我蹲下身来一窥究竟。

一个头戴漂亮丝巾的女人在大叫："求你了，索罗，快住手！"

我一眼就认出来了，她是勒库的妈妈。过去几星期里，我在市场上见过她几次——她少言寡语，害羞内向，对每个人都露出充满善意的微笑。我想，她早晚会成为妈妈的朋友，妈妈能和所有人交朋友。

勒库的两个小妹妹站在她们的妈妈身边，一人抱着一条腿，把脸深深地埋进她的裙子里。

与此同时，索罗的声音如雷声般滚滚而来。“你竟敢顶撞我！”他的眼神透着某种邪恶的快感——他要让所有人臣服于自己，尤其是他的儿子。

勒库跪在地上，用挑衅的目光盯着他的父亲。但我能看到他紧握的拳头在颤抖。

索罗·穆古手里握着一根很粗的棍子。当他把棍子举到半空时，我飞快地跑开了，能跑多快就跑多快。我无法忍受目睹这样的惩罚，虽然我可以轻易想象出棍子在空中挥舞，再落到勒库身上的画面。

勒库被父亲这样残酷对待，让我想起了自己的爸爸。爸爸从没对我动过一根手指头，要是看到妈妈哭，他会心碎。勒库究竟做了什么？我实在想象不出什么样的举动能令父母如此动怒。

回家的路上，我一直在思考至上神恩克艾为什么要如此安排：他带走了爸爸这样的好男人，却让索罗·穆古这种令妻女哭泣的父亲活在世上。

回到家，我脱下漂亮的束卡，仔细叠好，心想不知道下次穿上它会是什么时候。我躺在草垫上，盯着天花板，等着睡意降临。过了一会儿，妈妈回来了。我知道她度过了惬意的一晚，因为准备上床时，她又愉快地哼唱起了《玛莱卡》。妈妈大概知道我还没睡，轻声问道:“贾玛，今天玩得开心吗？”

我想起了抛下我开怀大笑的纳迪亚，想起了勒库父亲那张可怕的脸，想起了自己日夜思念的爸爸……缕缕思绪如层层泥沙将我掩埋，让我无处可逃。我没有回答，假装已经睡着了。

9

转眼就到了星期一，可我依然笼罩在愁云惨雾之中。我知道得去那个特别的地方了——我的秘密藏身地，那是最让我感到开心的地方。

不过，我得先把学校的课上完。这一整天大部分的时间里，我不是在看表，就是在望着窗外发呆……

好在穆塔老师提问时，我依然能对答如流。很幸运，学校的课业对我来说不难，这有可能是因为我太喜欢学校了。可是，今天的我一反常态，坐立不安。等穆塔老师上完最后一堂课，我就迫不及待地冲出了教室。

放学后的大多数时光，我们都不急着回家。大家会聚集在校门口聊天、玩游戏。有时候，我跟纳迪亚会和其他女孩一起互相编辫子，或者看男孩们踢足球。不过，我现在没有那份闲情逸致，况且我可不想听她们聊在法蒂玛家发生的那些有意思的事。

再说，我也很久没见到那群大象了——我的大象。至少我是这么认为的。

趁人不注意，我沿着学校后面的小道溜了出去，然后一路小跑。学校后面是一片空旷的红土地，穿过这片空地之后就到树林了。

一条小路在两排树间蜿蜒伸展，它的尽头是一个紧临河水的小斜坡。那条长长的河弯弯曲曲地流向远方，抬眼望去，不见尽头。镇上大多数人家都会来这里打水，用来洗衣做饭。

沿着这条河，我可以走得很远很远，这一点儿都不难，可灌木丛深处才是我的目的地。还有二十多分钟的路程，越过一座高大的岩石山，再走上一会儿就能到。没有现成的路可走，不过我在灌木丛间开辟出了一条路。

我是在爸爸生病那会儿发现这个地方的。当时，他想给我做一块新睡垫，可在割牛皮的时候，锋利的尖刀划伤了他的手掌。伤口感染持续了八天，虽然敷上了妈妈精心制作的草药，但最后还是溃烂了。

妈妈一刻也不能——也不愿——离开爸爸。于是我承担起早上打水的工作，每天提着橙色的大水罐去河边。当时我才八岁，拎个空罐子都够呛，更别说里面加满水了。提水的时候，我的胳膊不停地颤抖，又酸又疼。可是当你下定决心必须做到一件事时，自然就能克服所有的困难。我不会让妈妈失望的。

然而，有一天，我在打水前闲逛时，迷上了一只可爱的小象鼩[①]。它跳来跳去，把像犄角一样的鼻子伸进泥土里找甲虫吃。

等我回过神时，已经跟着它走得太远了，真的太远了。我孤身一人，早已超出妈妈和我说的安全范围。有一句话，妈妈不知道在我耳边念叨了多少回——*贾玛，注意安全*。

按说我应该感到害怕，但接下来发生的一幕把我吸引住了。有二十多只大象从半山腰缓步而来，它们排成一支长队，雄伟壮观。我见过大象，可从没见过这么庞大的象群，也从没离它们这么近过。

大象是世界上最美丽的动物，它们圆圆的眼睛比我的拳头还大，一对大耳朵像旗帜一样在微风中轻轻摆动。它们迈着沉重的脚步，缓缓走到那个浅水坑边，就像它们拥有无限的时间。

我躲在一棵大树后面，痴迷地盯着它们看。我最喜欢大象的交流方式。有时候它们大声呼唤，有时候它们又沉默不

---

① 象鼩（qú），形似鼠类，有一个细长而灵活的鼻子，看上去有些像象鼻。

语。不过很明显，它们之间有着紧密的联结。

我尽可能地多看了它们几眼，然后依依不舍地跑回河边，赶紧归家。

10

爸爸去世后的很长一段时间里，我都没有再去水坑边——那时我悲恸欲绝，什么都不想做。直到有一天，我重新回到了那里。

我知道，如果妈妈发现这件事肯定饶不了我。但我也很清楚，她还沉浸在对爸爸的想念中，每天哭得根本无暇顾及其他。

我的秘密藏身地与世隔绝，没人会看到我崩溃的样子。我可以想哭多久就哭多久，也可以和爸爸说心里话，说再大声也不用担心被看作怪胎。我可以坐在水坑边，也可以来回踱步，想哭就哭，想喊就喊。我不必觉得难堪，因为只有大树能听见我的声音。于是，我越来越频繁地往那里去。

我就是这样和大象交上朋友的。有时候，它们每天都会到水坑边，接连数个星期；有时候，它们会离开一阵子，去其他地方悠闲漫步。久而久之，它们习惯了和我待在一起，离我越来越近，近到让我伸手就能摸到。可我始终没有鼓起勇气。大象一点儿也不怕我，它们知道我不是那种扛着枪来射杀它们并夺走象牙的人。

虽然听上去有点儿疯狂，不过，我觉得自己已然成了象群中的一员。如果我迷了路，回不了家，我可以和它们待在一起。这会很安全。一想到这个，我不禁笑了起来——贾玛·安扬格，大象女孩。

当然了，我还给大象朋友们取了名字。象群首领名叫沙巴，它就像妈妈一样，坚强、严肃却不失友好。此外，还有露露、塔比亚和巴瓦。大多数人可能认为大象都长得差不多，但我能轻松地把它们区分开来：默多克的膝盖上有一条纹路很深的褶皱；巴瓦的后背有一道深深的疤痕，可能是与另一头体格强壮的公象搏斗时留下的；而卢阿萨的尾巴则是象群中最短的。

有时候，我会看着大象给自己喷水降温，看着它们穿梭在灌木丛之间，不断地咀嚼树叶。大象每天要吃九十千克到一百八十千克的食物，所以它们大部分时间都在觅食。

和象群说话时，我的心情总是能变好。四周有小鸟在鸣叫，有水花在飞溅，我的说话声也渐渐地隐于其中。我肆意倾诉，那些话我甚至不会对纳迪亚说。所以今天，我最大的愿望就是它们会静静地待在那里，等着我的到来。

11

虽然我健步如飞，但还是花了大约十五分钟才赶到那片空地。靠近时我放慢了脚步，如果大象已经来了，我可不想吓到它们。周围的一切是那么安静，只能听到我沙沙的脚步声。

终于到了水坑边，却不见象群的身影，我的心倏地沉了下去。不过，我还是去了老地方，背靠一棵巨大的金合欢树坐了下来，静静等待。这棵大树枝繁叶茂，如遮阳伞般为我挡住了炎炎烈日。别看它树形巨大，叶子却很小，只比米粒略大略扁一点儿——当然了，是绿色的。

看着树叶在风中舞动，看着血红色的蚂蚁排成长队爬过树皮，我的心情渐渐明快起来，先前的烦闷一扫而空。虽然十分渴望见到大象朋友，但我对自己说，如果今天它们不来，也没关系。

就在这时，一阵熟悉的沙沙声打破了寂静。听上去像是……没错，是象群。它们像变魔术一样在丛林中忽然出现，就好像一直待在那儿，只不过刚刚才决定露面。

是露露、巴瓦和默多克！见到它们，我太高兴了。

我起身慢慢靠近，把脚踩到一块半浸在水里的扁平石头上。这样，当象群走到水坑边时，我就能亲近它们了。

先是露露发出一声响亮的叫声跟我打招呼。紧接着，巴瓦用鼻子哼了几声以示欢迎。它的鼻子来回摆动，就像在挥手。通常，都是沙巴带头走在最前面，但这次它却和另一只母象一起走在后面。

我踮起脚，想好好瞧瞧沙巴，看它会不会上前来。就在这时，我看见了它！没错，就是那个依偎在沙巴腿下的象宝宝。几周前，我见证了它的出生。这只象宝宝看上去就像袖珍版的沙巴。

我高兴地拍起了手，把露露吓了一跳。我猜象宝宝是个女孩，因为它背部的线条很直。纳赛里安曾告诉我，公象的背部更加弯曲。从出生那天到现在，这只小不点儿已经长到快一米高了。它还无法完全站稳，看起来身体的各个部位——布满褶皱的皮肤、四只脚和两只耳朵——对它来说都太大了。

结识这个象群的几年里，我从没见到过象宝宝——不过，考虑到象妈妈从怀孕到生产要花两年时间，这倒也合理。

沙巴温柔地用象鼻抵住象宝宝的背部，将它往水坑边推了推。

我尝试着跨过水坑里的几块石头，以便看得更清楚。象群一如既往地镇定，一点儿也没有惊慌失措。恰恰相反——它们似乎很高兴看到我，都在往我这边瞧，朝我发出柔和的吱吱声和隆隆声，像是在对我说话。我尽最大努力模仿它们，用大象的语言表达我的祝贺。

然后，我们一起安静地待了一会儿，享受这宁静时光。成年大象们吃树叶、喝水，而象宝宝却一直在盯着我看。突然，它朝我走了几步，接着又走了几步。沙巴密切注视着它，却没上前阻止。象宝宝走得越近，我越不敢喘息。当它近到触手可及时，我的心狂跳不止……是满满的喜悦，没有一点儿害怕。

慢慢地，它将小小的象鼻伸向我，好像是让我摸一摸。我不想错过机会，于是照着它的样子伸出了胳膊。它晃动着象鼻回应我，好像在和我握手。当它轻轻发出快乐的吱吱声时，我知道自己做对了，然后和它一起吱吱地笑了起来。

象宝宝小脑袋上的两只大耳朵兴奋地扇来扇去。我拍了拍它脖子上那簇可以捋到后背的黑色毛发，听到它发出一阵轻柔的隆隆声，好像猫发出的咕噜声。它的眼睛闪闪发光，笨拙地从嘴里吐出粉红的舌头。我知道，它和我一样享受这一刻。

就这样，我收获了人生中最不可思议、最激动人心的一次体验，真希望时光能永远停留在这一刻。

突然间，象宝宝笨手笨脚地向我扑来，我伸出双臂紧紧地抱住它，好让它站稳当。虽然它个头很小，但力气大得超乎想象，只是它自己还不知道。

我牢牢地抱住它，和它一起倒在地上，四目相对。我得保证它的热情不让它在无意间踩到我，还没来得及考虑校服，我便跌入厚厚的泥浆中。它把鼻子搭在我的腿上，看上去既可爱又滑稽。我再次大笑起来。

沙巴慢悠悠地走过来，伸出长鼻子，将象宝宝从我身上推开。它充满爱意地用脖子扶起象宝宝，接着又伸出厚实的象鼻，让我扶着它站起身。

我太开心了，甚至感觉胳膊有点儿战栗。我仍然不敢相信刚刚发生的一切，简直像是一场梦。我不禁环顾四周，怀疑这些不是真的。

站在那些高大而强壮的亲人旁边，象宝宝看上去那么小，就像一粒棕色的小豆子，或者一粒小种子。我知道应该给它取什么名字了。

"我们下次再见，姆贝古。"我平静地说。姆贝古，在斯瓦希里语里的意思是"种子"。象宝宝就像一粒种子，会发芽、开花，继而茁壮成长。这个名字很适合它。

象群离开时，我才发现早已看不到它们和我自己投在地上的影子了。这魔幻的瞬间令人忘我，时间失去了意义。但在我们家有一条铁律。妈妈不断地告诫我：无论身在何处，我都必须和自己的影子一起回家。

影子消失意味着太阳已经落山，太晚了，这下我有麻烦了。

12

我飞奔回家，比跑来水坑边时的速度还快，因为跑得太快，还摔了几跤。当终于赶到家时，我在门外不停地喘气，歇了好一会儿。

屋子里传来一个女人的声音，是妈妈的朋友布萨拉·坎登格，这让我松了一大口气。她来家里做客，妈妈就不太可能因为我晚归而训斥我了。

布萨拉·坎登格的丈夫是全村养牛最多的人，她是他的第三位妻子，也是最年轻的一位。我们大多数人的肤色都如夜空般漆黑，但布萨拉的皮肤却是浅棕色的。她的嗓音低沉平稳，如花生酱般丝滑悦耳。布萨拉整个人身形挺拔、优雅，性格随和、不做作，干什么事都不疾不徐，好像有用不完的时间。

听她提到我的名字时，我俯身上前，侧耳倾听。

“找一个男人帮你养贾玛吧。她是个漂亮、聪慧的孩子。但是怎么说好呢……她太像个男孩子了，得找个男人帮你好好管教管教她。”

妈妈说话的时候，我从她的声音里听出了些许不快。“我丈夫去世时，所有人都说我需要再找个男人来照料我和我的生意。到如今，四年过去了，我的生意不仅没受影响，还越做越大，现在每天卖的凉鞋比过去多多了。那我所需要的照料究竟是什么呢？我不相信找个男人就能改变贾玛的性格。再说，我很喜欢我的贾玛，喜欢她本来的样子。”

答得漂亮，妈妈！我一边想，一边把耳朵往泥墙上靠，以便听得更清楚些。

可是，布萨拉·坎登格还没完。“但你刚才不是还担心她被朋友疏远，不是还觉得她跟别人不一样吗？”她问道。

“当然了，作为她妈妈，我肯定希望她能跟同龄人玩到一块儿，好好相处。不过我知道，她是个坚强的女孩，有着超出她这个年龄的成熟。”妈妈说。

“成熟？”布萨拉·坎登格说，“阿露娜，她还在到处爬树呢。我在她这个年纪都已经开始准备结婚的事了。”

“布萨拉，她还不满十三岁。每个女孩都有自己成熟的时间和方式。我唯一担心的是，万一我发生了什么事，她身边就一个亲人也没有了。”

“这就是为什么长辈们都想让你再找一个有责任心的丈夫。你还年轻，还能生更多的孩子。那时候，如果你有什么不测，也不用担心贾玛会孤身一人了。”

妈妈大笑起来：“哦，布萨拉，我觉得咱们还是别再谈结婚这个话题了。哈马迪是我的丈夫，没人能替代他。而说到生更多的孩子，就算有更多……”

就在这时，布萨拉·坎登格打断了妈妈的话，低声说了些什么。我试着往前靠得更近，以便听得更清楚些，没想到却把用来装羊奶的金属桶踢到了墙上。

“是贾玛吗？”

我赶紧跳离墙根，冲到门口。

“是我，妈妈。”我进屋答道。如果妈妈发现我在屋外偷听她们谈话，肯定会非常生气的。

“您好，坎登格阿姨，您怎么样？”我神采奕奕地问道，希望她们相信我是刚刚回来的。

两个女人睁大眼睛望着我，异口同声地问：“你这是怎么了？”

布萨拉·坎登格转过身，给妈妈使了个眼色：你明白我的意思了吧？

这时我才想起来自己浑身都是泥——拜姆贝古所赐。

“你去哪儿了？怎么弄得这么脏？”妈妈问。显然，她很不高兴。

快想个说辞，贾玛。“放学回来的路上，我被绊倒了。”

我知道最好不要告诉妈妈：其实我晚归，并不是因为在学校做了什么，而是因为在灌木丛深处和一只象宝宝坐在一起洗了个泥浆浴。不管怎样，她相信了。虽然心怀愧疚，但一想到姆贝古那温暖的象鼻搭在腿上的感觉，我就释然了，觉得这样做是值得的。

13

我讨厌对妈妈撒谎。但如果她知道我放学后大部分时间都跑到了很远的水坑边，肯定会非常生气，所以我只能一直瞒下去。

有几天，我告诉她我放学后多做了一些功课；又有几天，我说和纳迪亚一起帮她妈妈照看水果摊。每个星期至少有两天，放学后我会立刻回家，帮妈妈做凉鞋或准备晚饭。

那些日子里，我每时每刻都在思念姆贝古。它长得太快了，几个星期的时间，就已经又长高了至少三十厘米。现在，它已经没法儿在沙巴身下待着了。它的胆子变大了，好奇心也越来越重，时不时就从它妈妈眼皮底下溜走，冒险跑到远处，去探索周围的一切。

待在家里看不到象群的每一天，我都在担心它们会离开。今天也是这样。放学后，我马上回家帮妈妈做凉鞋，可我心不在焉，总是想着姆贝古这会儿正在做什么。它最爱的新把戏就是在水坑边的厚泥巴里打滚儿，让泥浆四溅飞起，像雨点般落在它身上——当然了，我一不小心也会变成“泥汤鸡”。

我依然会因思念挚爱的爸爸感到心痛，但至少我能从姆贝古身上得到安慰。

“你今天有点儿烦躁，你还好吗？”妈妈一边问，一边将五颜六色的珠子缝到做凉鞋用的皮革上。这是一项耗神又费力的工作，要用一根大针刺穿厚厚的皮革，然后往上面添加一颗颗小珠子，好在最终的成品精美绝伦。在内罗毕代售凉鞋的男人说，我妈妈做的凉鞋是他最受欢迎的商品之一，尤其受到游客们的青睐。我喜欢想象这样的画面：我们做的手工凉鞋走遍世界各地，英国、巴西、中国以及所有我从学校课本上知道的地方……也许有一天，我也会去那些地方。

“挺好的。”我耸了耸肩答道。接着，我用力把针戳下去，动作远不及妈妈那般优雅。

“我可不信。”妈妈说，“过去几个星期，你安静得出奇，老是走神，也不像以前那样跟我说道或者抱怨学校里的事了。我都好久没听你唠叨穆塔老师的数学课有多无聊，考试的时候丽萨想抄你的卷子，新来的男生总是打架了……”妈妈列举着我最近和她分享的八卦，假装累得上气不接下气。

我发现自己在笑。“那你是不喜欢听这些了？”我问妈妈。

“哦，我很喜欢！你有多喜欢讲，我就有多喜欢听。我怀念那些日子。”

我想告诉妈妈关于姆贝古的全部。当然啦，这是我最棒的故事。可是我不能这么做，因为她一旦知道，就会禁止我去看姆贝古。

“你的朋友都怎么样了？”妈妈问。

“什么怎么样？”

“他们怎么样了？纳迪亚还好吗？俄诺托成年礼之后，我好久没见过她妈妈了。”

“纳迪亚挺好的，其他女孩也都不错。”

“但是……”妈妈紧追不舍，大概我的话不够有说服力。

“没有什么‘但是’。”我又耸了耸肩。我不想让妈妈知道我因为被排挤而难过。对她隐瞒的秘密越来越多，这让我感觉胃里好像灌了铅，无比沉重，毕竟妈妈是我在这个世界上最亲近的人。

“你和纳迪亚之间没什么事吧？”

“我俩挺好的。”

“你有没有觉得，你们有点儿疏远了？”妈妈望着我，手里继续缝着珠子，动作娴熟流畅，都不用低头看上一眼。

“你是怎么知道的？”其实，我并不吃惊，妈妈总是能读懂我的心思。

14

“我来猜猜看。”妈妈说，“这些天，纳迪亚很喜欢谈论有关男孩和项链珠子的话题，但你觉得这种对话很无聊。”

“比起聊男孩子，我更喜欢聊大自然和动物。这有什么不对吗？”

“这没什么不对的。在你这个年纪，你的一些朋友已经在思考有关男孩的事了。这可能会让你感觉自己和她们的共同点变少了，这是很自然的。依我看，问题只在于纳迪亚身上发生了一些变化，而你还没有变。”

我很想知道妈妈说的“变化”是什么意思，但又羞于启齿。

她继续说：“不用太担心。每个人成长的时间点不同。等到你更成熟的时候，就会感觉跟纳迪亚之间的距离迅速拉近了。这是迟早的事。”妈妈一边说，一边探过身来拍拍我的手，以示安慰。

我沉默了一会儿，想着该如何表述自己的心声。最后，我用平静的声音说：“可是……可是如果我长大后还是不想只为丈夫洗衣做饭、缝缝补补呢？如果我想做些别的事该怎么办呢，妈妈？”

这次，她放下了手中的针线活儿，看着我说道：“哦，女儿，相信我。等你再大些，遇到一个特别的人时，就不会这么想了。那一天到来时，你对婚姻的所有负面想法会瞬间消失，还会觉得结婚并没那么糟糕。”

听到这儿，我抽了抽鼻子，妈妈大笑起来。“贾玛，瞧瞧你的脸！结婚可能是一件好事，看看我和你爸爸。”

“那不一样。”

“怎么不一样？如果当初我和你想的一样，就不会嫁给你爸爸了。”

我思索了片刻。也许，我会遇到像爸爸那样的人……但是，我认识的男孩中，没有一个人像他那样善良、聪明、有趣。他们不会像爸爸倾听妈妈那样听我说话——爸爸似乎真的很想听妈妈在说些什么。况且，我想要的不仅仅是结婚成家，我还想四处旅行，学习更多的知识。但我认识的人当中，还没有谁——特别是哪位女性这么做过。

“我只是不想被困在这里。妈妈，我想有更广阔的人生。”我还不清楚这话意味着什么，但我知道这是发自肺腑的真心话。

妈妈伸出手，握住我那只被针刺出很多小血点的手，说道：“我希望你开心快乐，贾玛。我知道，遵从自己的心声，不随波逐流非常重要。但你要知道，现实里没有人能独自存活。我们需要家庭和社群才能生存下去。我们要与自己的根脉、文化紧密相连，因为它们决定了我们是谁。我只要求你记住这一点，好吗？”

为了让她高兴，我点了点头。但实际上，我喜欢一个人待着，只要有姆贝古……还有妈妈陪在身边就好。

妈妈又轻轻地碰了碰我的手：“我不希望你孤立无援，形单影只。你爸爸已经去世四年了，如果哪天我也不在了，我不希望你只有自己，身边连一个亲人都没有。”

“妈妈！”我赶紧捂住耳朵，“你怎么能说这样的话？”

“女儿，”妈妈把我的手从耳朵上拿开，“每个人都有自己的命数。我不想吓你，但我得让你对生活中可能会发生的事有所准备。人生就是如此，挚爱的人会分开，没有人能永远在一起。如果我出了什么事，我希望你能得到朋友和社群的支持。不然的话，你就成孤家寡人了。”

“哦，妈妈，求求你，别……别说这样的话了。”

现在，轮到我神情木然了。

15

姆贝古见到我时，和我一样兴奋无比。它差点儿被绊倒，这可是真的。今天，我到河边时，它朝着我飞奔而来，跑得那么快，就好像是一只小狗，而不是一只象宝宝。

象群的其他成员都浸泡在棕色的水里，这是个避暑的好办法，因为今天的天气热得就像有火在背上烤。汗水顺着我的脸颊两侧往下淌，我也想一头扎进凉水里降降温。不过，当然了，我知道最好不要。我坐下来，看着姆贝古像往常一样大口吸水。而我呢，像往常一样跟它闲聊。

我对姆贝古说，那天下午的数学测验有点儿出人意料，然后问它:“你说我会得 A 吗？”我知道答案多半是肯定的，脑海中还浮现出明天穆塔老师发试卷时，我得到完美分数的画面。姆贝古的回答来了，它用鼻子给我冲了个凉。

我惊讶地笑了起来，当它是在表达对我的肯定。但愿回家前，我能有足够的时间把校服晒干。原本，我想把衣服脱下来挂到树上，可哪怕现在身边空无一人，我还是没这个胆量。想来想去，还是觉得把衣服扇干是最好的办法。我的心思都在校服上，没有留意到象群的异样——它们已然躁动不安起来。

沙巴伸出鼻子，姆贝古立刻明白了它妈妈的意思：快过来。姆贝古费力地从水里走了出去，蜷缩在妈妈身边。忽然，象群一片寂静，全员高度警戒。出于本能，它们挤在一起，彼此靠得越来越近。我感受到了它们的恐惧——这是能互相传染的。

我也缩成一团，四下张望，寻找危险来源。难道是狮子？周围太安静了，连微风吹动树叶的声响都没有。耳边传来的只有我的心跳声，它像雷声一般响。

随后，我看见了他——一个我从没见过的男人。我穿过水坑，站在树后面。虽然确信他看不见我，但我还是往后躲了躲。他在离象群两三米远的地方观察它们。我又往下蹲了一些，不敢再动，生怕被他发现。

我身上的汗都凉透了。与狮子相比，我更害怕陌生人。

这个人是谁呢？

然后，我发现他肩膀上背着枪。肯尼亚野生动物管理局的人都带枪，可他并没有穿制服，而是穿着黑色衬衫和裤子。当他把左脸转向我这边时，我看到了一道长长的、凸起的伤疤。这道伤疤从额头一直延伸到下巴，犹如一条白色的粗绳子嵌入了他的黑皮肤。

一阵恐惧让我的脊背发凉。他背着枪，在林子里盯着大象看，这准没什么好事，肯定是要作恶。

象群仿佛听到了某种无声的警示，赶紧整齐划一地转身离开水坑，远离这个人。与此同时，这个人也迅速地朝着与村子相反的方向走去，消失在了灌木丛深处。*感谢神的护佑*。

我深深地吸了一口气，让紧绷的神经放松下来，然后起身朝相反的方向奔去，我想赶紧回家。可我的身体仍在瑟瑟发抖，四周的热浪好像有意要阻拦我的脚步，平时令人放松的寂静此刻也似乎暗藏危机，就连头顶枝繁叶茂的大树都变得张牙舞爪起来。

我四下打量，每隔一段时间就回头瞅上一眼，妈妈的声音在耳边回响：*注意安全，贾玛*。

当听见灌木丛中传来沙沙声时，我相信这只是幻觉，它出自我的恐惧。我停下脚步聆听，什么也没听到，于是继续往前走。就在这时，有人从我眼前的那棵大树后面跳了出来。

“妈——”我大声尖叫。响亮的叫声在林间回荡。

“贾玛，贾玛，是我。”

16

一张灿烂的笑脸出现在我眼前，原来是勒库。我只见过他生气的样子，所以，现在的他看上去反倒非常古怪。

看得出来，他对把我吓了一大跳这件事感到很满意。勒库穿着校服，灰粉色的格子衬衫弄脏了，胸前的口袋无精打采地耷拉着，肯定是今天早些时候在学校里打架时被扯的。

“你这个傻帽小矮子！为什么吓唬我？”我瞪了他一眼。我知道叫他“小矮子”就像打他的脸一样，而我现在就想这么干。他总因为别人嘲笑他的身高而生气，这也是他总在学校里打架的原因之一。

“我不傻，也不矮。”他说。勒库脸上的笑容消失了，眼睛眯成一条缝儿，好像从没想到我还会还嘴。

“你又傻又矮。只有傻子才会无缘无故地到处吓唬人，还和人打架。”我说。我的心还在因为刚才所受的惊吓而怦怦直跳。

“那你就是疯子。”他咆哮着，“你和大象说话。”

我恼羞成怒，他竟然一直在跟踪我，还在水坑附近监视我。我的脸颊尴尬得发烫。他盯了我多久？我开始往前走，可他挡住了我的去路。

我举起了握紧的拳头，就像他在学校里经常做的那样。“别挡道。”我用一种威胁的语气说，“我可不是学校里和你打架的那些小子，胆小不中用。我不怕你。”我直视着他的脸，希望自己的话有足够的震慑力。

“好吧，大象女孩。”

“别这么叫我。”我继续往前走。

他跟在一旁：“为什么不行？你看起来很喜欢大象。”

我停下脚步，转身盯着他：“你从什么时候开始跟踪我的？你监视我多久了？”

“很久了。”他的声音柔和了很多，笑容也再次浮现。这时，我第一次注意到他的两颗门牙之间有一条细缝。

“好吧，我是喜欢大象。你说这些并不会让我难受。”我说。

“我也喜欢大象。它们很友善，也不会吃其他动物。”

这令我有些措手不及。我差点儿又停下脚步。勒库其实人不错，他清楚自己喜欢什么，而且他对大象还挺了解的。

“你知道一只大象一天能喝五十加仑[①] 水吗？”他问道。很明显，他对自己的知识储备很骄傲。

我当然知道，不过没想到他也知道。

“是的，我知道。”我们走到保护区入口时，我仍在试图了解这个令人捉摸不透的男孩。林间的一小块空地上停着一辆脏兮兮的路虎，我俩都看到了。车的侧面有 KWS 的标志，勒库的爸爸就在驾驶座上。他戴着黑墨镜，不晓得有没有看到我俩。不过，我看到勒库脸上的笑容不见了，他的表情再次严肃起来。

“那是我爸爸。”他说。

“我知道。”我想起了勒库倒在他高大的父亲脚下的样子，不禁打了个寒战。

“他来这儿抓那些偷猎者。在纳米比亚，他逮捕了三个人……”

他继续说着，我想打断他，告诉他林子里那个人的事。也许他能把这个情况报告给他的爸爸。一想到要自己告诉索罗·穆古，我的两条腿就开始发软。

“所有人都怕他。”勒库说道。他的话与我此刻所思所想不谋而合。

---

① 加仑，一种容量单位，英制1加仑等于4.546升。

“你怕他吗？”

他转过身来望着我：“什么意思？”

“没什么，你刚才说所有人都怕他。”

“我说的是偷猎者，那些坏人。他们害怕是因为他抓他们，因为他勇敢无畏。我爸爸是最棒的。”

“他可能无所畏惧，但他是个好爸爸吗？”

他的脸庞闪过一丝阴郁的神情：“他是一个好爸爸。”

“成年礼那天晚上……我看到他对你大声吼叫。”我脱口而出，“一个好爸爸是不会吓唬儿子的，更不会让妻子痛哭。”

话音刚落，他就瞪着眼睛向我扑来。我惊声尖叫，只见他停在那里，握紧拳头一动不动。接着，他晃着食指，凑到我眼前。“你，以后不要这样说我爸爸！你这个疯癫的大象女孩。”他咆哮着，“我爸爸是好人。”

说完，他跺着脚走了。

17

“放学后你都上哪儿去了？”我给老山羊挤奶的时候，纳赛里安盯着我问。

我知道如果我撒谎，她马上就会察觉。妈妈可能还会因为工作无暇顾及别的，但纳赛里安知晓村子里发生的一切。哪怕视力不佳，也没有什么人和事能逃过她那双眼睛，所以我早早放弃了抵抗。况且，我也十分渴望和人聊聊姆贝古。

“我经常去保护区深处的一个水坑边。那里有最美的景色，还有一群大象——和一只小象宝宝。”

只是想了想姆贝古，我就笑逐颜开。我等着纳赛里安的批评，没想到她却笑了。她总是不按常理出牌。“有多少只大象？”她问。

我就知道纳赛里安肯定会理解我。她像我一样喜爱动物。众所周知，她会把小鸡放到腿上，慈爱地抚摸它们。

“十二只左右。”我告诉她。

她满意地点了点头。“搁到现在，已经不少了。我像你这么大的时候，象群里能有几百只象。有时候，我们得花上好几个小时等它们过去。哪怕象群已经走出很远，你还是能听到从地面传来的隆隆声，当时就是有那么多大象。”纳赛里安眺望远方，仿佛她又看到了过去的时光。

我正要一吐为快，和她讲讲有关姆贝古的事，突然听到嘹亮的喇叭声。那是从学校传来的，不同的喇叭声代表不同的含义。这次是让我们赶快去参加紧急会议。

“发生什么事了吗？”我说。

就在这时，一位头顶大篮子的邻家阿姨正好从我家篱笆外经过，她喊道：“听说了吗？”

“没有，发生什么事了？”我问道。

“他们发现了一只被猎杀的大象，偷猎者半夜干的。”

我的心猛地一沉，瘫倒在地上，不小心碰翻了那桶羊奶。温热的液体淌在红土地上，变成一个黑色的水洼。我顾不上心疼这些浪费的羊奶，满脑子都是我的朋友：沙巴、露露、默多克……姆贝古。

如果是它们当中的一个被杀了怎么办？我的耳朵嗡嗡作响，几乎听不见纳赛里安在说什么。此时，她已经站到了我的身旁。

“你还好吗？来，来，我们回屋去。”

“不。”我打起精神对她说，“咱们得去，我需要弄清楚到底发生了什么事。”

妈妈应该已经在那里了。黎明时分，她就赶去了早市——那时候的水果最新鲜，我们可以在那儿和她碰面。

看得出来，纳赛里安察觉到了我的焦躁不安，因此尽可能走得更快。她的拐杖敲击着地面，就像一只一路小跑的蝎子，但还是快不了多少。我们赶到校园时，我们的莱邦乌莫加正站在大钟旁边那个由包装箱码成的小木台上，向人群发表讲话。

“我怀着沉痛的心情，向大家通报发生在昨晚的不幸事件。”他说，“一伙盗猎者偷袭了几英里外的一个象群，有一只大象被枪杀了。”

我想起了几周前见到的那个身穿黑衣、背着枪偷窥大象的男人。这肯定不是巧合。*为什么我当时没说？我知道原因——我害怕惹上麻烦，而这份恐惧可能让一只大象失去了生命。*我懊恼地哭出了声，纳赛里安紧紧地握住了我的手。

市场摊位附近有几把金属折叠椅，我跑过去给纳赛里安拿了一把，想让她坐下来歇歇，她站不了太久。起初她还不乐意，她不喜欢因为年老体弱被格外照顾。可是在这个星球上活了将近一百年，找把椅子坐当然不是什么丢人的事。

“这些人都是残忍的杀手。”乌莫加继续说道，“他们可能还在附近，这是大家都在担心的。现在，采取预防措施至关重要。大家都知道，大象被偷猎者惊吓后容易变得狂躁。它们可能造成踩踏事件，个别情况下还会导致人类死亡的悲剧发生。我要求大家格外小心，对偷猎者和大象保持高度警惕，他们可能仍在这个地区活动。”

我知道乌莫加的话是出于好意，但我不喜欢他让大家提防大象，让人觉得大象会伤害我们。它们明明什么都没做，只是受害者。

接着，乌莫加叫站在他右侧的索罗·穆古过来讲话。穆古和他的两位同事都穿着棕色的肯尼亚野生动物管理局制服——保罗衫和卡其裤。他们看上去就像是严厉的士兵和动物园管理员的综合体。我想，在某种程度上，他们就是这样的。

可是，偷猎者偷袭大象的时候，索罗·穆古在哪里？他为什么没有阻止他们？勒库的话在我耳边响起：*我爸爸是好人。所有人都怕他。*

*哪怕是他自己的儿子……*我想起了索罗·穆古对勒库发号施令的场景，他的眼神里闪着志得意满的光芒。

18

索罗·穆古迈步走到木台上，把那根深勒在他腰间的厚皮带往上提了提，这让他看起来就像阿拉伯数字“8”。我总觉得藏在那副黑色墨镜后面的才是真正的他。

“这伙偷猎者诡计多端，而且不见棺材不掉泪。想抓住他们，不光要有经验，还得头脑灵光。不过他们很快就要落网了，毫无疑问，我一定会把他们揪出来。”他的声音充满了权威。

穆古刚讲完，全场就响起了一阵掌声。接着，莱邦乌莫加让大家自由发言，有问题就提出来。纳赛里安举起了她的拐杖。当乌莫加朝她点头示意时，人群中响起了一阵不满的低语。他只好举起两只长长的手臂，让大家保持肃静。

纳赛里安挣扎着站起身来，步履蹒跚地走到人群前面。她咬紧牙关，把脸转向人群:“常言道，‘每只壁虎都声称自己拥有最长的尾巴’[1]。所以，声称自己是最棒的巡逻员对我们没有任何价值。”人群中再次响起不满的低语，还夹杂着几声嘲笑。“最近，我总是看到陌生车辆在保护区里游荡。那都是些什么人？如果你不巡逻，你怎么能说一直在保护大象呢？”纳赛里安的话赢来了一些人的掌声，还有一些人的讥笑。

“老人家，我们都知道这些天您的眼神不济。不过我还是要告诉您，现在的巡逻次数比以往任何时候都多！”索罗·穆古大喊道，他坐在小木凳上的身躯显得如此巨大。

“你可以嘲笑我老了，可我看得到该看到的，也知道该知道的。你只要记得，煤炭笑话灰烬，却不知相同的命运也会降临到自己头上。”她用另一句谚语做出了回击。

索罗·穆古站起身，猛地摘掉墨镜。“也许我们的老祖母还没弄明白，昨晚的偷猎者是用重型机枪射击的。我们冒着生命危险将他们击退。这是战争。而我们的老祖母却在谴责我们没在干活儿？”他诘问道，目光如炬。

“我想说的是，如果这是一场与偷猎者的战争，那么你是输的一方，因为大象仍在被猎杀。”纳赛里安说道，人群中越来越响的嘲笑声再次把她的声音淹没。

当乌莫加向人群示意肃静时，她继续说道：“我还想说，

---

① 肯尼亚马赛人的谚语。

大象意识到白天有人追踪它们，所以夜间转移以求自保。于是，偷猎者不得不在夜间偷袭象群。”她一边说，一边用拐杖猛戳地面以示强调，“大象在学习保护自己，而我们有责任助它们一臂之力。这才是正确的事，对每个人都有好处。”

纳赛里安一再强调，与周边的动物和谐共存有多么重要。我们与任何野生动物相比，都谈不上更好或更坏，所以我们必须和它们分享资源和土地。

索罗·穆古听了她的话连连摇头:“您在说什么呢，老祖母？大象有智商？”

“没错！我就是这个意思。它们可比你聪明多了！”纳赛里安用拐杖指着他。

人群中爆发出一阵哄笑声。索罗的脸色更难看了。他深吸了一口气，像是在努力冷静下来。可是当他开口说话时，声调依然尖锐。

“莱邦，恕我直言，我们来这儿是为了讨论严肃话题，而不是闲扯什么大象的智商。让我们记住，大象也攻击过人类。这就是我们的工作充满危险的原因。到处都是威胁。我和我的同事该得到应有的尊重。”

人群开始交头接耳，还时不时地点头或摇头。

“这些动物也该得到尊重。只有感觉到威胁时，它们才会发起攻击。”纳赛里安说，“过去很少听说大象会攻击人，因为我们不会妨碍彼此，不会为了满足贪欲而猎杀大象。过去——”

骚动的人群没有让纳赛里安把话说完。有的喝倒彩，有的挥手示意她赶紧坐下。这个老妇人现在已经摇摇晃晃，筋疲力尽了。我挽住她的手臂，扶她坐到椅子上。我被她这番激情澎湃的演说和潜藏的巨大能量深深震撼了——她竟然这么喜爱大象。

一片混乱中，我听到了妈妈的声音。“亲人们，亲人们……”她用力地拍了拍手，两次。当人们发现说话的是我妈妈时，都开始安静下来。

“我的亲人们，咱们来这儿讨论的事情关系到所有人。每个人对这次讨论的贡献都至关重要。纳赛里安在这个地方生活的时间比我们任何人都长，也和大象相处了很多年，让我们听听她有什么要说的，学习借鉴一下。另外，也请大家尊重咱们的老祖母。她勇敢地讲出了很多人的想法。可能我们有些人并不认同或者喜欢她说的话，但这是她的看法，她有权表达自己的观点。”

人群爆发出赞许的掌声和欢呼声。妈妈就这样不可思议地帮纳赛里安挽回了局面。不过，我并没有看向妈妈，因为勒库吸引了我的注意力。他就站在妈妈旁边，盯着我看，脸上的表情神秘莫测。然而，当我回头望向勒库的爸爸时，那副神情倒是清晰可辨：他的双眸充满怒火。

19

那天晚上，夜已经深了，我还在辗转反侧，无法入睡，那双眼睛始终盘旋在脑海中。我太担心那群大象了，在确认它们安然无恙之前，根本没法儿放下心来。但我也知道，妈妈是不可能答应我天黑后出去的。

在确信妈妈已经熟睡后，我悄悄溜出了小屋。我需要到月亮和星空下透透气，驱散内心的烦躁不安，向天神恩克艾祈祷姆贝古平安无事。我沿着小路朝学校信步走去。

一阵汽车的引擎声从远离小路的某个地方传来，划破了夜晚的寂静。在这个时间出现车子的声音太奇怪了。接着，我又听到了另一辆汽车的引擎声。

在好奇心的驱使下，我朝着声音走去，渐渐来到了灌木丛深处。我看到在远离道路的树林里，两辆车正面对面停靠在一起。其中一辆是索罗·穆古的路虎，另一辆是黑色的皮卡。

我蹑手蹑脚走到近处，爬到一棵大树上，在树枝的隐蔽处给自己找了个藏身的地方。在黑夜的掩护下，没有人会看见我。

我从高处向下望，看到索罗·穆古从他那辆路虎里下来，走到皮卡驾驶座一侧的车窗旁。路虎的前灯照到皮卡司机的脸颊，我不禁倒吸了一口凉气。那张脸上，一道狰狞的伤疤从中间穿过。没错，就是他！我在树林里见到的那个人。

我顺着一根树枝朝前爬去，想凑近些听他们在说什么。

"带来了吗？"索罗·穆古朝着打开的车窗喊道。

那个人一言不发，递给索罗一样东西。那是一个信封。索罗打开了它，从里面抽出一沓钱，然后数了数。

"这只有协议的一半。"索罗·穆古大声咆哮。

"没错，没错，剩下的一半明天给你。我们需要再杀一只，然后就走人。"

再杀一只。

当我终于明了他们在做什么时，我的心开始狂跳。一切就像这夜空般清晰可见：偷猎者在贿赂索罗·穆古！他的职责是保护大象，可他却……我不敢再往下想，这太令人难过了。

两个男人握了握手，然后笑了起来。

我连一秒都不想多待，赶紧退回到树干，可是脚却被树枝卡住了。我惊恐万分地瞧着自己的凉鞋掉落到地面上。

他俩同时抬头向上看过来，我吓得僵住了。

“谁在那儿？”索罗·穆古的喊声回荡在夜空中。

20

我用最快的速度从树上爬下来，在不至于摔断腿的情况下纵身一跃，跳到地上。然后，我拼命狂奔，用胳膊把挡路的树叶和树枝推到一边。我能听见他们的喊叫声。

不知道在什么地方，我弄丢了另一只凉鞋。我知道自己已经跑出了足够远的距离，因为他们的喊叫声渐渐消失在我身后。但我心里也很清楚，一旦回到来时的小路，我就会把自己暴露在开阔的空地上。无论在我身后多远，他们都会发现我。

这个念头差点儿让我来个急刹车，不过我还是决定继续向前跑。快到山下时，我想到了办法。或许，我可以躲起来藏到天亮。

就在我感觉心脏怦怦狂跳到极限时，我听到了脚步声。有人在追我。恐惧涌上来，我觉得自己就要吐了。我撒腿就跑，能跑多快就跑多快，可身后的脚步声却越来越近——接着，我听到一个声音。

“别出声，别出声。”

我还没来得及发出声，一个人就撞了上来，和我一起摔倒在地。就在我俩撞到一棵巨大的猴面包树树根的一刹那，我猜出了来者是谁。

21

“嘘——”勒库把食指放在唇边。

就算我想说什么也说不出来。此刻的我气喘吁吁，肩膀又被猛撞，感到火辣辣地疼。

勒库示意我跟着他到树后的洞里，那里刚好能容纳我们两个人。我俩相互抵着膝盖，面对面弓身坐着。新鲜泥土的气息弄得我鼻孔发痒。

虽然怦怦的心跳声很响，但我仍然听见了附近树叶和灌木丛发出的响动。我瞪大双眼望着勒库，他又把手指举到了唇边。

“是谁？”索罗·穆古问。

“这是女孩的鞋。”偷猎者拿到了我的凉鞋。

“我敢打赌，一定是那个像男孩一样疯疯癫癫的丫头。”索罗·穆古嘀咕道。

偷猎者表示赞同："我在灌木丛里见到过一个女孩，就在看到象群的那个地方。"

这么说，他看见我了！我的胳膊顿时起了一片鸡皮疙瘩。我这辈子从没这么安静地在一个地方一动不动过。说话声近在咫尺，我都害怕他们会听到我的心跳声。

"这可不是什么好事。"索罗·穆古说。

"她只是个小丫头，不敢乱说什么。"

"她最好闭上嘴，如果她还知道替自己着想的话。"索罗·穆古那可怕的声音又一次让我起了一身鸡皮疙瘩。

我们静静地坐着，听见脚步声越来越远。然后，我们又待了一会儿，直到听见汽车驶离的声音。

勒库默默站起身，我跟着他爬出了洞。他走到一棵树干分叉的大树前，从分叉处掏出一个棕色的袋子，把袋子放到脚边，解开绳结，取出一双蓝色塑料凉鞋，默不作声地递到我手上。我怀疑勒库逃课时，都是在这棵树上打发时光的。和我一样，他也有个属于自己的秘密藏身地。所以，他把装东西的袋子藏在了这儿。

我的脚在抽搐，我的呼吸也依然急促，所以我默默穿上凉鞋，什么也没问。

我想对勒库解释看到的一切。如果他知道自己的父亲与万恶的偷猎者狼狈为奸，还会认为他是个好爸爸吗？但是，他可能不会相信我。会有人相信吗？

我需要证据。我可以告诉妈妈，但那就意味着我承认自己一直在对她撒谎。那也意味着我再也去不了水坑，可能再也见不到姆贝古了。

“你还好吗？”勒库关切的声音打断了我的思绪。

“很好。”我撒谎了。我一点儿也不好。

“我送你回家。”

“你不用送我。”又是一个谎言。其实，我很高兴有他陪着。

“你为什么总跟着我？”我问他。

“才不是呢！”他听起来好像受到了极大的侮辱。

“可上次你在树林里……今晚你又正好在外面？”

“别自作多情了，贾玛。不止你一个人喜欢散步，也不止你一个人半夜睡不着。这只是个巧合罢了。”

可他说话的样子……我也拿不准。不管怎样，这个巧合帮了我大忙。

我很感谢今晚有他在。马上走到我家小院时，我把这句话告诉了他。他盯着我看，好像还有什么话想说。

我沉默着向他挥手告别，然后溜进了小屋。感谢恩克艾，妈妈仍在熟睡。我爬上床，下定决心明天早上把一切讲给她听，哪怕这意味着我承认自己一直在撒谎。因为这是伸张正义，是保护大象的唯一途径。

尽管那天夜晚很热，但我一想起刚才那段对话就不寒而栗，而想到索罗·穆古说的那句“如果她还知道替自己着想的话”时，更是瑟瑟发抖。

22

第二天早上醒来时，我的脚还在因为长时间奔跑隐隐作痛。不过太阳刚露头，我就主动提出和妈妈一起去河边打水洗衣服。

我不介意给山羊挤奶，但讨厌每周一次的洗衣服。我们要顶着很沉的篮子，把衣服拿到河边洗，洗完后再把沉重的湿衣服带回来，晾到太阳底下晒干。

法蒂玛爸爸开的酒店里有一台大机器，把要洗的衣服全放进去，再加点儿肥皂，机器就会轰隆隆地转个不停。衣服在里面晃来晃去，等取出时就彻底干净了。那儿还有一台机器，可以把热风吹到衣服上让它们变干。

我梦想着自己家也有一台这样的机器，那样每周洗衣服就会容易多了。可每次我问妈妈为什么不能有这种东西时，她总是让我别抱怨，自己双手能做的事不需要机器代劳。

今天，我发誓不再对妈妈说一句抱怨的话。做一个勤劳善良的女儿可以为我赢得更多好感，然后我才好告诉她我需要什么。如果进展顺利，也许她会对我表示理解，让我继续去灌木丛察看象群。

当我们朝河边走去时，我惦念大象的心情比压在头顶的脏衣服还要沉重。早晨的太阳已经升起，天空一片湛蓝。一小群东非长尾伯劳从头顶飞过，妈妈不禁哼起了《我的小鸟》，那是一首我小时候她常唱给我听的歌。歌声唤起了回忆，如蜂蜜般香甜温暖。

通往河边的小路上人群拥挤，我们往前走着，时不时遇到打招呼的邻居。

“早安，阿露娜，一切都好吗？”

“瞧瞧你这机灵闺女，多孝顺啊！”

“今天天气真好，是不是？”

妈妈报以温暖的微笑，不时地挥挥手：“感谢恩克艾护佑，我们很好。”

我想等到了河边，找个安静的时间，再把来龙去脉都告诉妈妈。可现在，我的胃却开始痉挛。

我在脑海里一遍又一遍地练习要说的话。我了解妈妈——她一旦不再因为我撒谎而生气，就会帮我想办法阻止索罗·穆古的肮脏勾当。

临近河水时，我们听见了人群的喧闹声。通常在星期六早晨，大家因为这“每周一聚”而来到河边。有的人聊天，有的人大笑，还有的人会唱歌。不过这次，人群的声音听起来有点儿……躁动不安。

妈妈和我加快脚步。来到河边时，我们终于知道了答案——究竟是什么吸引了所有人的注意力。只见距离河岸不到一百米远的地方站着三只大象：露露、沙巴和小姆贝古。它们还活着！我如释重负，差点儿哭出声来。

“怎么了，贾玛？”妈妈看着我，一脸迷惑。

“没事，没事，我很好。”我开心地笑了。

“大象出现在那儿太奇怪了，离得太近了。我都不记得上次在这儿见到大象是什么时候了。”

我简直不敢相信自己竟有如此好运。

23

“大象很可能因为枪击事件受到了惊吓。”妈妈说，“它们肯定是在恐慌中走散了。”

我仔细观察了一会儿，发现它们今天的举动确实有别于往日。姆贝古看起来瘦小又胆怯，一直紧贴着沙巴，而沙巴则自始至终都在安抚它。我带着妈妈穿过人群，沿着河边走，尽可能离大象近些。

“你在干吗，贾玛？别再往前了。”是呀，妈妈并不知道我认识这些大象。如果我讲明一切，就能上前抱抱姆贝古了，而眼前就是一个机会。妈妈放下手中的桶和篮子，从里面掏出脏衣服，泡在河里，同时警惕地盯着大象。

“妈妈，我有话跟你说。其实，我认识这些大象。”我没说它们是我的朋友，因为这听起来有点儿像是说胡话。

“你在说什么呢，贾玛？”妈妈看起来很困惑。

“我……我一直在放学后去看它们。它们经常待在保护区的深山里。”我略带窘迫地轻声回答。妈妈听到我说的话，眼神里果然流露出了震惊和愤怒。她把正在搓洗的湿衣服丢进水里，然后抓住我的肩膀。

“你去哪儿看它们？”妈妈弯下腰，凑近我。我俩的鼻尖眼看着就要碰到一起了。

我低下了头。

“贾玛，你知道的，这简直是乱来！你太让我失望了，女儿。你都这个年纪了，应该知道遵守规矩是为了你自己的安全。我简直不敢相信你会这样对我撒谎。”

妈妈的神情从愤怒转为伤心，这太糟了。

“妈妈，对不起。我知道不应该到山那边去，可在那儿待着让我感到安全和平静……有了那个地方我可以去……还有……”我试图解释我怎么和大象交流，这个秘密藏身地给我带来了什么感觉。可是，我的头脑一片混乱，语无伦次，竟然哭了出来。

妈妈的脸色变得柔和下来。她坐在一个桶上，让我也照做。就这样，我俩面对面看着对方。“贾玛，我理解你，而且很高兴你找到了一个让自己觉得舒服的地方。但我很生气，因为我害怕，害怕你可能受伤。你不光可能被动物伤害，如果你跌落到什么地方，该怎么办？如果你待在一个我根本想不到的地方，我该去哪儿找你？”

这时，她目光一闪，朝我肩膀后方望去，然后起身越过我，往大象的方向走了几步。

我正准备告诉她有关索罗·穆古的事，可我想知道是什么事让她分了心。我抬起头，看到大象离我们更近了。这让我感到高兴。但我也晓得不能奢望伸手去摸它们，这里人太多了。

而且，有些地方不太对劲。我看得出来沙巴很紧张，它在不停地拍打着耳朵，跺着脚。我想它先是注意到了我，然后开始靠近，却又突然停了下来。我朝它走去，但被妈妈用胳膊拦住了去路。

“嘘——它很焦躁不安。”妈妈压低声音说道。

沙巴感到心神不宁，这是情理之中的。偷猎者无情地杀害了象群中的一员，它怎么可能不焦躁？

“待着别动！”妈妈连呼吸声都变了，她紧张地喘着粗气。

沙巴来回走动，双眼紧盯着我们。

“来，让我……”我又试着往前挪了几步。

“别动！”妈妈用愤怒的低吼阻止了我，“别靠近它，它在警告我们。”

24

妈妈的嗓音和神情里满是惊恐，这让我的胃里如翻江倒海一般。我拼命地回想那些能安抚大象情绪的办法，可脑海里却一片空白。

就在这时，沙巴发出响亮的吹喇叭一般的声音，接着晃了晃脑袋，两只大耳朵不住地拍打着，发出震耳的呼呼声，沙子和水被甩得到处都是。

我屏住了呼吸。这已经不是那只伸出象鼻扶我起身，让我和象宝宝玩耍的大象了。

“我们该怎么办？”我悄悄地问。

“最好站着别动。如果我们逃跑，它会冲过来。”妈妈低声回复。

我和妈妈一动不动，可大象还是小跑着过来了。它的步伐在加快，我的心跳也在加速，在我耳边怦怦作响。我注意到它的尾巴挺立，两只大耳朵铺展开来。让我胆战心惊的是，它已然把鼻子卷到了下巴底下，开始朝我们猛冲过来。

妈妈告诉我别动，但眼前发生的一幕让我无法保持静止。我开始狂奔。一切都发生得猝不及防。我刚一转身，就听到了大象朝我们奔袭而来的咚咚脚步声。才几秒钟，它的巨大身影就压到了我们头顶。周围响起一片尖叫声，妈妈的声音最大。

“贾玛，快跑！”她把我撞到了一边。然而，就在那一刻，我看见大象把鼻子高举到妈妈身体上方，再次发出震耳欲聋的吼声。我紧紧地闭上了双眼，不敢目睹这一切。

我两腿发软，踉踉跄跄，一头摔倒在红土地上，狂风席卷了我。我双目紧闭，但仍听到了另一声尖叫。它紧随着一阵沉闷的砰砰声和妈妈的呼叫而来。有人哭了起来。即便是在这样的时刻，我也知道，那砰的一声和妈妈的呼叫将永远萦绕在我心头，伴随我度过余生。

周围的一切仿佛进入了慢动作模式。我爬起来，看见妈妈脸朝下躺在地上。我的心冻住了，周围所有的声音都被关闭了，除了从我喉咙里冲出来的一声声尖叫。

她好像安详地睡着了，但我知道这是错觉。我想把她摇醒，却不敢上前碰她。

沙巴后退了，但仍在不远处来回走动，姆贝古紧跟着它寸步不离。但我无暇顾及它们。我所有的感觉都消失了。

“不！不！不！”我不停地哀号。我的哭声似乎是从很远的地方传来的，回荡在周围。随即我意识到，不只是我在哭，还有其他人，不同的哭声交汇，进而合为集体的哀鸣。

我抬起头，看着围在我身边的男男女女，他们的脸上满是悲伤。人们惊恐的神情让这一切变得无比真实。他们全部见证了我所看到的：妈妈躺在红土地上，生命正在从她身体里消失。

*沙巴，你怎么能这样？*这句话在我脑海中回响。

“阿露娜！神啊，为什么是阿露娜？求你了，不要这样！求你了，不要这样，这不是真的！”哀号声不绝于耳。

更多的人跑了过来，但我听不见他们在说什么。血液在我的耳朵里奔涌，心跳就像振聋发聩的战鼓声在我脑海里作响。可即便如此，我依然能从他们的嘴唇上读到令人痛苦的真相。

“阿露娜没了！阿露娜没了！”

他们的话真实无比：阿露娜死了。

25

天旋地转。天空、河水、人群、大象都在旋转，鲜血模糊成了蓝色、黑色、棕色与红色交融的斑驳色块。我紧闭双眼，拒绝再看眼前的场景。我无法直面所发生的一切。

我不知道时间过去了多久，但感觉到一只温暖柔软的手拭去了我脸上的泪水。我睁开眼，抬头看到布萨拉·坎登格的脸。她坐在我旁边，蜷缩成一团，双膝陷入潮湿的泥土里。她说着话，但听上去不明不白，中间还夹杂着“阿露娜”这个名字。

我看着她站起身，解下束卡抖了抖，把它展开盖在妈妈身上。突然，人群开始后退。我转过身去，只见沙巴朝我们走近了一点儿。它高高地扬起了头，接着又戏剧性地把头甩了下来。

布萨拉·坎登格惊慌失措地爬起身，伸手抓住我的衣袖。“大象来了，快起来，贾玛，不然会被踩死的！”她尖叫道。

我试着起来，但双腿软得像果冻，来回打晃，于是布萨拉·坎登格向我伸出了双手。正当我挣扎着站起身时，忽然听到一阵汽车引擎声越来越近。一辆属于肯尼亚野生动物管理局的路虎颠簸着向我们靠近，在刺耳的刹车声中停了下来。只见两个男人站起身，从敞篷车上探出头来。我认得他们，昨天索罗·穆古在村子里讲话时，他俩就站在他旁边。

“出了什么事？”司机问。另一个人是秃顶，包了一块绿色的头巾。两人的棕色衬衫外面都套着明黄色的背心，和纳赛里安的小鸡一个颜色。

人群中有人愤怒地喊道：“你们没看见大象杀了我们一个人吗？为什么不开枪？”

“阿露娜，我的阿露娜死了！”布萨拉·坎登格冲向路虎，“一只大象……看……它突然受惊狂奔起来。我不知道为什么。我不知道发生了什么。”

布萨拉·坎登格一边说一边用手掌拍着胸口，好像这样可以减轻内心的伤痛。

“很明显，它失控了。”包绿头巾的人打量着沙巴，握紧麻醉枪，上好了膛，“我们得开枪。”

“你确定？”司机问，“咱们让大家都离开这儿，给它点儿时间冷静下来。”

“不，不行，它现在攻击性太强了。我很确定。”

我还没弄明白是怎么回事，那个人就瞄准开枪了。顷刻间，伴随着一声巨响，沙巴倒在了地上。我畏缩着躲进了布萨拉的怀里。再抬起头时，露露已经不见了踪影，姆贝古却仍守在它妈妈身边，吓得浑身发抖。

“麻醉剂起作用了。”司机朝背心上的对讲机说了句话。等收到远处传来的回应后，他跳下了车。

霎时，一切都归于平静。所有人都惊惧得说不出话来。这两个人跳下车，拿出担架时，有人开始窃窃私语。随着他们靠近妈妈的尸体，人群的说话声变得更大了。

“不！”我声嘶力竭地大喊，想要挣脱布萨拉的胳膊。她紧紧抱着我。我乱踢乱抓，不停尖叫着：“妈妈！妈妈！不！不！不！”

“你们要把她弄到哪儿去？”有人大喊。

他们没有回答，只是同情地望着我，轻轻地把妈妈从地上抱起来，放到担架上。我又一次紧闭双眼。我无法承受看着妈妈被人从我身边带走。

过了一会儿，我重新睁开双眼。他们已经把担架放到了路虎后方。那个包着头巾的人走近了沙巴，它像妈妈一样一动不动地躺着。然而，它只是被麻醉了，还会再站起来。

但妈妈再也不会回来了。

26

我心乱如麻。悲伤、恐惧、震惊不断地在我心中翻滚，然而有一件事很清楚：我仍希望沙巴没事。这不是它的错。

那两个人朝地上那具灰色的庞然大物走去。它粗壮的四肢有气无力地摞在一起。

司机弯下身来，一脸关切：“它失血……太多了。”

我看了看，只见沙巴周围出现了一个大血泊，并且突然向外溢出，接着大量喷涌，变成了一股湍急的血流。

“你那一枪打的是什么位置？”他着急地问搭档，“麻醉枪射中哪儿了？”

包头巾的人瞪大双眼看着他。

司机跪下来，用手摸了摸大象粗糙的皮肤，然后把耳朵贴在它胸前。大约一分钟后，他转身说：“它已经没有呼吸，没有心跳了。”

开枪的人看上去很不安。“我失手了，都怪一切发生得太快。我应该再小心点儿，咱们的职责是保护动物，不是射杀它们。”他走到已经没有气息的大象旁边，跪了下来。“可这是个意外！”他环顾四周，似乎在为自己辩白。

围观的人群并没有愤怒，反而迸发出一声欢呼。“大象死了！”随后呼喊声开始此起彼伏：“报仇！报仇！报仇！”

27

但我不想报仇。我想要妈妈。我想要沙巴。

爸爸去世的时候，我一直希望自己能做些什么——做什么都行，只要能挽回他的生命。我花了很长时间才接受那个事实。现在也如此。

我向远处张望，发现有个小灰点正倚着一棵大树。姆贝古逃开了，但并没走远。它的双眼仍盯着妈妈，身子晃来晃去，看上去既困惑又不安。我想跑到它那儿，身体却动弹不了。

肯尼亚野生动物管理局的工作人员跳上了车。当引擎发动的声音传到我耳中时，我的身体忽然迸发出了一股力量。越野车要开走了……载着我的妈妈。我猛地站起身去追，被绊了一下摔倒后，爬起来重新追了上去。

布萨拉·坎登格和其他女人在后面一路追着我跑。

“贾玛！贾玛！”她们大喊着。我感觉脑袋里有个巨大的红色火球在炽烈燃烧，令我头晕目眩。我摔倒在地，膝盖撞在岩石上。应该很疼才对，可我什么感觉也没有。我全身麻木，再也没有力气站起来了。

女人们追了上来，气喘吁吁地扶我起身，把我带回小院。我的一边是布萨拉·坎登格，另一边是妈妈的另一个好友阿奇尼。其他人则慢慢地跟在后面，抽泣着，时不时有人发出一声哀号。她们轮流安慰我。

“贾玛，别担心。”

“我们都会陪着你。”

“你妈妈会安息的。”

“我们会给你安个家。”

“我们理解你的痛苦。”

然而，她们的话并没有什么用，因为她们根本不会理解。她们怎么可能理解？爸爸永远地离开了，现在是妈妈。唯一明白我有多痛的是姆贝古，因为它也失去了母亲。

我想起了独自待在河边的姆贝古，不知道它现在会去哪儿，不知道它会不会和我一样感到迷惘和孤独。我想它一定会的。

但更多时候，我都在恨自己。我为什么要跑？我应该听妈妈的话好好待着。如果我静止不动，沙巴就不会猛冲过来，妈妈也就不会死。沙巴也会活下来。因为那样的话，他们就没有理由用麻醉枪了。很显然，妈妈和沙巴都是因我而死的。

*对不起，我乱动了，我没听你的话，请宽恕我。*我在脑海里默默地向妈妈忏悔。

爸爸去世后，妈妈曾对我说，他能看见我们。希望妈妈也能看见我，能听见我说的话，这样她就会原谅我了。那一瞬间，这一闪念给我带来一丝安慰，尽管如芦苇般脆弱。也许，现在，在某个地方，妈妈正和爸爸待在一起。

马赛人不相信有来生，但我禁不住想，妈妈和爸爸正飘在云端，手牵着手，俯身望着我。他们又在一起了。

28

那天早上，和妈妈去河边时，我怎么也想不到会发生这一幕。纵然我有天马行空的想象力，也绝想不到几个小时后我将再也无法和妈妈一起回家。

回到我们的小屋（准确地说，是我的小屋，妈妈再也不会出现在这里了）时，那里早已聚满了来慰问的人。

院子里，没有拄拐的纳赛里安双手举到胸前，紧紧相扣，蹒跚着走来走去，身后跟着一群饿得咕咕叫的小鸡。她不停地喃喃自语:“怎么会是阿露娜？为什么不是我？怎么会是阿露娜？为什么不是我？”

布萨拉·坎登格执意让我躺下，然后和其他女人轻手轻脚地在我身边走来走去，准备沏茶。一切就绪后，布萨拉·坎登格把茶杯举到我嘴边，要我喝完一整杯甜甜的乳饮。我实在没力气谢绝她的好意。

过了一会儿，我闭上双眼装作已经入睡，这样就能一个人待着了。女人们商量好轮流陪伴，以便保护我，但说真的，她们无法给我实质性的帮助。

我不停地问自己：妈妈是真的走了，还是我在做梦？会不会当我醒来时，发现她正在做饭，或者缝衣服，或者给凉鞋做配饰，抑或是收拾行装准备去内罗毕的集市？

然而，内在的疼痛就像被人在心口钻了一个洞，时刻提醒我这不是梦。我身边再也不会有妈妈并肩而坐，和我一起聊爸爸了。我再也见不到她说起爸爸时那张泛起红晕的笑脸，再也感知不到她那双粗糙又温暖的手了——举行俄诺托成年礼那天，她曾用这双手给我梳妆打扮。她的手掌碰到我脸庞时的温热一直刻在我记忆深处。

那天晚上，妈妈的心情那么愉悦。我多希望她回家时我陪她畅谈到深夜！可糟糕的是，我却假装睡着了。如果我知道几周以后她会永远离开我，我肯定会陪着她聊上一整晚，但我没那么做。现在她走了，我做什么都于事无补。

坐在外面的女人们聊起了我妈妈，她们的声音飘荡在我耳边。

“她那么慷慨大方，那么有教养。”

“她有一颗美好的心灵。”

“她做的乌加利[①] 最好吃了。”

接着，话题转到了我身上。我侧耳听着她们的轻声细语，每一句都决定着我的命运。

“纳赛里安年事已高，没法儿养孩子。”一个声音说。

“布萨拉·坎登格自己家的孩子够多的了。”第二个声音说。

“……况且她们家还不止她一个老婆。”第三个声音低语道。其他人听到都轻轻地笑了起来。

哪怕心怀悲痛，她们还是见缝插针地说长道短。布萨拉·坎登格肯定是回去了。

“不过也就照顾到她准备结婚为止。”第二个声音又出现了。我确信这是阿奇尼在说话。

“问题是，她做好嫁人的准备了吗？她和其他女孩可不一样。”另一个女人说。

阿奇尼又开腔了：“或许纳迪亚的妈妈能帮帮忙？不过也说不准。她老公对自己的孩子都那么严苛，估计管不了贾玛。”

“谁管得了贾玛？”有个声音问，但无人应答。

---

① 乌加利，一种肯尼亚主食，用玉米粉做成，有时候混合非洲稷或高粱粉，主要搭配炖菜炖肉食用。

女人们鸦雀无声，陷入了沉默。

夜色中，我静静地躺着，精疲力竭，感觉骨头像是橡胶做的。脑海中不断出现一帧帧画面和一阵阵声响，弄得我只得紧闭双眼。沙巴巨大的脚掌踩在地面发出的隆隆声，以及妈妈被撞倒在地时的哭喊声，在我耳边一遍遍地回放。我摇摇头，想甩掉这些声音，但它们没有消散，反而变得越来越响。

外面的女人们仍在闲聊。我不再理会那些声音，两眼直勾勾地盯着天花板。

不久，号角声响起。村子又要开大会了。这次，我很清楚是因为什么。

29

布萨拉·坎登格回来了，从门口探进头来。

“贾玛，你醒了吗？”

我勉强地点了点头。

“莱邦想给亲爱的阿露娜举办追悼会。咱们穿好衣服过去吧。”

我任由她们把我带到村子中央。莱邦站在一个粗壮的老树墩上，长袍遮住了他单薄瘦弱的身躯。人们聚集在一起，手中的一盏盏油灯点亮了夜晚，还有他们忧郁的脸。

他们小心翼翼地看着我，好像我已经疯了，随时会带来危险；好像我会突然变成怪物，将他们一口吞掉。我被领到前面，坐在一张用狮子皮做的垫子上。接着，有人给我肩上披了一块黑纱。

纳迪亚走过来，默默地坐到我身旁，握住我的手。我以为眼泪早已流干了，没想到看见朋友让我再次泪如雨下。纳迪亚伸出手想把泪珠擦掉，但显然是徒劳，我的眼泪止不住地往下淌。

她俯身低语："坚强点儿，贾玛。"

我拼尽全力。

莱邦开始讲话时，人群终于安静下来。

"今晚，我们相聚在这里，一同哀悼骤然离世的阿露娜·安扬格。她是贾玛·安扬格的母亲。三十二年来，阿露娜一直深受我们的爱戴。今后，我们也将怀着爱意与喜悦之情缅怀她。每当想起阿露娜时，请让我们记起她曾给予的抚慰人心的力量以及充满善意的笑容，而不是生命转瞬即逝的悲剧。"

我听到人群中响起低沉的哭泣声。布萨拉·坎登格和纳赛里安在伤心流泪。然而此刻，我的脸却是干的。我在想人们是不是在评判我，好奇阿露娜的女儿为什么不哭。

"我们要为阿露娜报仇！"有人高喊。那是一个男人的声音，听上去有些激动。人群中别的男人发出赞同的呼声。

可是，报仇不会让妈妈回来。再说，沙巴已经死了。以牙还牙，以眼还眼。他们还想要什么？

莱邦似乎听到了我的心声，他提醒大家，冤冤相报何时了？毕竟杀死妈妈的大象已经被射杀了。

然而，人群仍在继续重复那句话:“报仇！报仇！”

我环顾四周。我知道他们的本意是好的，但太过分了。愤怒、悲伤以及所有投射到我身上的目光将我吞噬，我意识到我正在人群中寻找妈妈的脸。但最终我的注意力落在了另一个人身上。

勒库神情肃穆，朝我挥了下手。

很高兴他的父亲没有现身。都是我的错——沙巴猛冲过来时，妈妈告诫我待着别动，我却没听她的话。但这也是索罗·穆古的过失。如果偷猎者没有猎杀大象，象群就不会出现在河边，更不会那么焦虑不安。这一切本来不会发生，妈妈应该还活在世上。

意识到这一点后，怒火就像一壶烧开的水，在我心中不断翻涌。一团火在我脑海中熊熊燃烧，我感觉自己要爆炸了。有那么一瞬间，我希望索罗·穆古在场。那样我就能冲他喊叫，就能当着所有人的面揭穿他干的那些勾当了。但我没有。

我想象着妈妈在天上，皱着眉头对我说:“贾玛，你不该对长辈大喊大叫。”所以，我保持着沉默。可心中的怒火如此强烈，让我的身体止不住地颤抖。

布萨拉·坎登格误以为我是因为悲伤过度而发抖。她揉了揉我的后背，抚慰我。最后，莱邦稳住了局面。

“肃静！”他命令道，“现在不是讨论找大象报仇的时候。我们聚集在这里是为了哀悼阿露娜。她对咱们村意义重大，在场的每个人都在为她的离开难过。”

还有几个人在嘟嘟囔囔。

“贾玛，”莱邦将人群的注意力引到我身上，“为了向你母亲这一生表达敬意，你有什么想说的吗？”

每个人都在看我，一张张神情肃穆的黑色脸庞和一双双充满期待的眼睛。

然而，我一个字也说不出来，一声也没吭。我无话可说。

30

追悼会后，我们回了家。纳赛里安在黑暗中四下摸索，跌跌撞撞地走来走去，给我烧水泡茶。

我不想给她添麻烦，特别是抿了一口她递来的那杯棕色浊水后，更确定了这个想法。那杯茶闻起来就像是用沼泽里的水混合了动物粪便。幸好她看不见我嫌弃的神情，不过她肯定也察觉到了我的迟疑。

“你得喝下去，贾玛。它能帮你入睡。”

除了乖乖听话，我别无选择。我一饮而尽，顾不上舌头被烫到。疼痛让我感觉良好。

纳赛里安一直盯着我看，眼神因为白内障而模糊不清。但哪怕她无法看清我的脸，她凝视的力量也是唯一能让我安心的东西。如果她移开目光，我马上就会崩溃。接过杯子后，她给我盖好毯子，就像以前妈妈做的那样。她还吻了我的额头，两片薄如蝉翼的嘴唇紧贴着我的皮肤。

“晚安，亲爱的宝贝。”

我感觉不会有睡意袭来，也担心会做噩梦，可我很快就进入了无梦的虚空状态。所以，当我被一声洪亮的声音叫醒时，整个人都是迷迷糊糊的。

“贾玛！贾玛！”

天刚蒙蒙亮，我听见纳赛里安养的公鸡在打鸣儿。可我浑身无力，没法儿让自己的脑袋瞬间清醒。我肯定是在想象中看到这样一幅画面，勒库站在覆盖着网的窗户外面叫我。我眨了眨眼，又揉了两下，他还在那儿。

“贾玛，你快来。”

他一定是为了不被外面的女人们发现，从院子后面的篱笆缺口钻进来的。

“他们找到姆贝古了！它有生命危险。你得赶紧来！”

听到这句话，我像是被泼了一盆冰水——瞬间警觉起来。

“我来了。”我从垫子上一跃而起，来到门口，抓起最靠近手边的一双鞋——正好是勒库的那双蓝色凉鞋。

“它在哪儿？”我问勒库，此时他已经领先我好几步远。他穿着一双不太合脚的棕色大鞋，鞋带被系到了脚踝处以防掉落。有那么一分钟，我为穿了他的鞋而心怀愧疚，不过很快，就开始琢磨更为紧迫的事了。

“学校。”他说，“他们发现它倒在了那里！”

我不知道姆贝古是怎么到学校的。估计它是跌跌撞撞地上了河边的小路，顺着那条路走啊走就迷路了，然后孤身游荡到了村里。我无法想象它有多害怕。不，实际上，我想象得出。

他继续说道：“它伤得很重。有些村民已经失去了理智。他们不停地朝它扔石头，高喊着报仇。”

“这不是大象的错！我妈妈的死是偷猎者一手造成的。要不是他们猎杀大象，激怒了象群，我妈妈今天还活着。”我没有说“是你爸爸一手造成的”，现在不是时候，“我不会让姆贝古有事的。它没犯错。它只是一个无辜的没了妈妈的孩子。”

我开始加速往前跑。

勒库放慢了脚步。“它只是一只大象，贾玛。而且，你别忘了，是大象杀死了你的妈妈。与自己的妈妈相比，你好像更关心大象。”

他的话刺痛了我的心。

我转过身，用手背拼尽全力狠狠抽打，几乎要打到他的脸上。但他身手敏捷，一下子就抓住了我的手。我俩面对面站着，看着彼此。

“永远不许质疑我对妈妈的爱，你这只蠢河马！”我的个子比他高，所以低头瞪着他。“瞧你这样儿！‘我爸爸是好人’。”我模仿他的语调尖声说，“至少我的爸爸妈妈都是好人。你的爸爸是个坏蛋。我很清楚这是事实。”

够了，我不能再多说了。

勒库的脸色告诉我，我的话同样刺痛了他的心。他的神情从愤怒变为溃败，而我很快就为自己的恶语相向而懊悔不已。

然而，我不能把时间耗在这儿，姆贝古正身陷困境。我猛地推开勒库，朝学校奔去。

31

眼前出现的场景远比我想象的更加糟糕。走到近处时，我看见一群人围在一起，高喊着复仇的口号。“报仇！报仇！报仇！”我认得他们，是那些在追悼会上大喊大叫的人。他们正朝一个被挤在墙角的灰色物体扔长矛和石头。

“住手！快住手！”我一边尖叫一边穿过人群，奔向瘫倒在地的姆贝古。

看到它的一刹那，我倒抽了一口凉气。它浑身瘀青，满是伤痕，大块的皮肉撕裂开，虚弱的身体上到处是血。我看见它的胸膛在不停起伏，拼尽全力喘着粗气，真担心如果再有石头砸过来，它会立刻丧命。

没有任何迟疑，我一下子就扑到了它身上。

人们对我冷嘲热讽，但我不在乎。我轻轻地裹住姆贝古，确保不会压伤它，又能让它免受侵害。他们不会把我当靶子。

“你在干什么？”有几个人异口同声地喊了起来，“快起来，不然你会受伤的！”

“我不起来！”我怒火中烧，提高了嗓门，“如果你们想伤害它，就先过我这一关。”

“别犯傻了，”有人说，“这只小象的妈妈杀死了你的母亲，杀死了我们的阿露娜。你这是怎么了？”

我纹丝不动。他们要指责我不爱妈妈，我也无所谓了，随他们说去吧。或许我确实更爱姆贝古。

人们继续喊叫着让我走开，对我大声谩骂。

“没心肝的东西！”

“㞞包！”

“不要脸！”

但我仍待在原地。哪怕有一块朝姆贝古砸来的石头打到了我，划伤了我的脸，我也一动不动。我甚至没有抬手去捂一下正在流血的脸。

“那可是阿露娜的女儿啊！都理智点儿！”一个女人大喊道。是布萨拉·坎登格，她用颤抖的声音质问道：“你们都疯了吗？”

有人说我是在自找苦吃。“快把她弄走！”他们吼叫着。

当布萨拉·坎登格替我争辩并求我起身时，我仍然抱着姆贝古粗糙的身躯，把脸贴在它多毛的脖颈处。周围嘈杂的声音渐渐消散，我已经听不清他们在说什么，但我完全不在乎。这些人都是叛徒和伪君子。他们看着我长大，爱我的妈妈，但竟然为了给她报仇而伤害我。这太荒谬了，荒谬至极。

我感觉姆贝古的皮肤在变冷，身体也开始颤抖。随后，我意识到颤抖的是我自己。我在发抖，汗水顺着我的后背往下淌。

想到妈妈不在了，我再一次被击中，比被石头砸伤还要疼。在这个世界上，我孤身一人。然而随着耳边传来姆贝古微弱的心跳声，我想起自己并非形单影只。我还有姆贝古，我一定要救它。

32

“是贾玛·安扬格吗？”

这声问询来自我头顶上边某个地方，低沉、沙哑的声音中满是哀伤。我仰起头，看见又高又瘦的莱邦乌莫加正披着红蓝格子的长袍站在我面前。

“愿恩克艾宽恕。”他叹了口气，闭上眼睛，然后转身面向愤怒的人群，“看看你们都对她做了些什么！”他查看我脸上的伤口，几滴血从那里滴到了衬衫上。他嗓音低沉，但从他严厉的神情与发颤的声音可以明显看出，他动怒了。

“可是，莱邦，她不肯离开大象身边——我们别无选择！”一个男人从人群中走出来解释。他个子很矮，手里握着一支比自己还高的长矛。“我们还有其他事要做！让她别碍事，我们杀了大象就走。”他一边说，一边挥舞手中的长矛。

人们连连点头，表示赞同他的话。

“别再扔石头。”乌莫加下达命令后，跪到了地上——这样，他就能直接和我说话了。他蹲在我上边，长长的臂膀与双腿弯曲着，伸向不同的方向。

“亲爱的贾玛，”他缓慢地说道，“不要把自己置于危险之中。这些人不过是在遵循祖先的教导，信奉只要地球上的物种之间失去公正，那么宇宙就会失衡。如果不能以眼还眼，善恶的天平就会倒向邪恶的一方。”

“但是沙巴已经死了！”我说，我的牙齿因为寒冷、恐惧和悲伤不住打战，“天平是平衡的！”

“沙巴是谁？”莱邦问道，一脸困惑。

我发觉给大象取名字，把它们视为朋友，显得很幼稚。但这是事实。

“就是杀死妈妈的那只大象。这只小象是它的孩子。”

33

乌莫加看了看我身下这个可怜的生灵。“这只象看上去快不行了。让这些人了结了吧，你可以回家悼念你的妈妈。”

“但是，莱邦，我妈妈是不会看着一只无辜的大象死去的。”

“大象可不是无辜的！”手握长矛的人尖叫道，“难道你没亲眼看见象群袭击你妈妈吗？你也可能被杀死！”

勒库走得更近了些，然后蹲下身，和我的目光齐平。与此同时，我注意到他的脖颈处有一块深紫色的瘀青。我能想得出这是怎么一回事——或者准确地说——是谁干的。

妈妈曾对我说，那些被践踏过的人往往也会践踏别人，因为他们只知道这些。这也就解释了为什么每个人都害怕勒库。我不禁对他感到同情。

他缓缓地冲我摇了摇头：“贾玛，还是算了吧。”

我感到内心的勇气在逐渐消散，取而代之的是绝望。这时，我身下的姆贝古开始发抖，挣扎着喘了口气。于是我又强打起精神。它是无辜的，妈妈绝不会同意为了给她报仇而杀死一只大象。

“是偷猎者杀死了妈妈，”我听到了自己的呐喊，“都是索罗·穆古的错。是他让偷猎者来的！”

我刚把话说完，人群就发出一阵惊诧之声，然后陷入一片沉寂。渐渐地，等明白过来我在指控什么时，人们开始纷纷议论起来。

“这是真的。我看见有人拿钱给他……”

“够了，孩子！”莱邦看着我，眼里闪着怒火。

人群开始喧闹起来。“你瞧，她是个怎样的孩子啊！可怜的阿露娜，她做了什么竟然生出这样一个无礼的孩子？”一个女人说完，人群中响起了一片啧啧的附和声。

莱邦击了两次掌后，走上来两个男人。“把这个孩子带到我那里，”他下了命令，“告诉他们把她洗干净，给她喂些饭菜。稍后，我会带她一起冥想。”

我挥舞四肢，狠狠地还击。但他们铁一般的手还是紧紧抓住了我，把我从姆贝古的身上拽了下去。

当人群开始朝它靠近时，我忍不住惊声尖叫。接着，我发现耳边响起的轰鸣声并不是来自大脑，而是一辆疾驰而来的路虎在刹车时发出的声音。是昨天出现在河边的那两个人，他们来自肯尼亚野生动物管理局。

“有状况。”司机一边查看情形一边朝对讲机说话，并警觉地瞪大了双眼，“请求支援。”他说着跳下了车。他的搭档走了过来，站到车前，高举麻醉枪，做好射击准备。今天，他的绿头巾换成了黑头巾。

“到底是怎么一回事？”他直接向莱邦发问。

“遇到了点儿状况，我正在处理。”乌莫加平静地答道。

“放了那个女孩。”巡逻员给抓我的人下达了命令。

那几个人松了手，我赶紧爬回到姆贝古身边。我浑身疼痛不已，但没有退缩。因为我想展现出坚强与无畏，就像人们不敢惹的那种人。

“你们没权管我的人。”乌莫加提醒肯尼亚动物管理局的人，“没权在我们的土地上发号施令。”

两位巡逻员立场坚定。“恕我冒昧，先生，我们可能没权管您或您的人，但保护国家公园里的野生动物，特别是濒危物种，是我们的职责。”

“你们还软禁了一只小象。”包头巾的巡逻员紧握着麻醉枪说，“看看你们对它都做了什么！你们在要它的命。”

“这是为了伸张正义！”有人说道。接着，一块石头呼啸而过，砸中了姆贝古已经发蔫的耳朵。它发出了微弱的呜咽声。

“退后！”巡逻员又一次将麻醉枪指向人群，“谁再扔东西我就开枪射击。我警告你们，都退后！”

34

双方僵持不下，一方持枪警戒，一方手拿石块蓄势待发，村民的数量是肯尼亚野生动物管理局工作人员的十倍。我不知道这样的局面会持续多久，又将以怎样的方式落幕。

姆贝古的心跳越来越弱，它的时间不多了。我得做些什么才行，我不能让姆贝古随妈妈和沙巴而去。我得帮它，可怎么帮呢?

只是护住姆贝古的身体肯定是救不了它的，我得快点儿想出办法。

这时，我看见一辆墨绿色的路虎正从尘土飞扬的地平线处驶来。当它开过来时，我认出了印在引擎盖上的图案，那是奈本加保护区的标志——圆圈里面有一只黑羚羊。

我唯一的指望就是车里的人能下来帮忙。

但是，这辆路虎停在了远处。我的心也停止了跳动。他们为什么不再往前开？他们看不见我们吗？

时间不多了。我拿不定主意。如果我离开姆贝古，人群会用石头砸死它。如果我留在这里，它还是会因为得不到医治而丧命。

刹那间，我下定了决心。我数到十，跳了起来，朝巡逻员大喊："别让他们伤害它！"

然后，我拼尽全力一路狂奔，将那些还没找到答案的问题留在飞扬的尘土中：*去哪儿？为什么去？去做什么？*我屏蔽了人们对我的咒骂，不停地奔跑。全速冲刺的时候，我祈祷麻醉枪能让人群多冷静一会儿，祈求姆贝古能多坚持一段时间。

"快来这儿！"我冲奈本加保护区的路虎挥动手臂，"这边！帮帮我！我需要你们的帮助！"

司机向我驶来，然后猛地踩了一脚刹车，卷起一股尘土。

"发生了什么事？"

"有一只大象。"我的肺好像在灼烧，"它有麻烦……报仇……他们伤害它。"我气喘吁吁地解释着，希望他能听明白。

"停，停。"他说，"慢点儿讲。"这个人身穿帆布料子的绿色连身制服，头戴贝雷帽，胸前的翻领上写着"奈本加保护区管理员”。

“没时间了。”我喘着粗气，“它快死了，那只小象。”

“上车。”他把手伸到副驾驶的位置，给我打开车门，“我们走。”

35

我跳上车。疾驰了一小段路后，我们向校园那边冲去。他开车的时候，我尽可能多地讲述了过去几天发生的事——受伤的姆贝古和被踩踏的妈妈，还有已经死去的母象。

“我叫奥吉旺，你叫什么名字？”他问。

“我叫贾玛。”

“那好，贾玛。”他一边说，一边把手搭到了我的肩上，“我们去处理这件事。”

听到他说“我们”时，我如释重负。有伙伴的感觉真好。除了我，还有人想救姆贝古。

很快，我们就回到了事发现场。

“所有人都远离大象，否则我就开枪了！”奥吉旺从路虎上一跃而下，手持步枪，对准人群。

人群踉跄着往后退，脸上写满了恐惧。我希望他们就此罢手，四下散去，可他们仍停留在原地。

奥吉旺急匆匆地走到姆贝古身边，微微皱了皱眉。有那么一瞬间，他看起来很悲伤，但很快他就恢复了严肃的表情。

“瓦马伊，”奥吉旺对包着黑头巾的巡逻员说，“放下麻醉枪，用这个。”说完，他把手里的步枪递了过去。

奥吉旺蹲下身去感受姆贝古的心跳，然后对它低声说了些什么，姆贝古的眼里闪烁出光芒，但这光转瞬即逝。

我一脸惊讶地看着他用一只胳膊伸到姆贝古的腋下，把它架了起来，这样它就能颤巍巍地站起身了。

“贾玛，来帮忙。”奥吉旺用头朝学校深蓝色的正门示意，“那扇门……打开它。”

我冲向正门，感谢恩克艾，门没锁。奥吉旺一边安抚虚弱的姆贝古，一边领着它一步一步地走进教室。从它的反应可以看出，姆贝古知道他是“自己人”，因为它会不由自主地靠近奥吉旺。我紧紧地跟在后面，他俩安全进屋后，我立刻关上门，并上了锁。接着，我又放了一把椅子挡住门。我兴奋地对奥吉旺说：“瞧啊，它能站着！”但就在这时，姆贝古膝盖一软，像布偶一样瘫倒在地。

“它死了吗？”我问奥吉旺。

“没有，但如果我们不能立即联系上DSWT[①]，它就会死。”

我根本没时间问他这句话是什么意思。只听咣当一声，一块石头砸到了门上，紧随其后的是麻醉剂飞镖从金属枪管射出时发出的刺耳响声。沙巴被麻醉枪射中时，我也听过这种声音。一个男人被吓得大叫起来，接着是一声闷响。我畏缩了一下。沙巴重重倒在地上的画面闪现在我眼前。我双眼紧盯着门，希望它足够坚固，能让我们安全地待在里面。

奥吉旺从口袋里掏出一个翻盖手机，迅速地拨通了电话。他用很快的语速和对方交谈，随后啪的一声合上了手机。

“他们已经在路上了。”奥吉旺边说边把一只手放到姆贝古胸前，“它的心跳缓慢，但在安全数值范围之内。”他看上去更像是自言自语，而不是对我说话。

“谁在路上？”我问。

“DSWT，就是大卫·谢尔德里克野生动物信托基金会，一家动物医院和托儿所。他们专门照顾大象孤儿。其中一个团队正从内罗毕飞来。”奥吉旺说着瞥了一眼手表。

---

① DSWT，指大卫·谢尔德里克野生动物信托基金会（David Sheldrick Wildlife Trust），位于肯尼亚首都内罗华，下文简称为“基金会”。

“内罗毕？太远了。”

“他们应该会在大约四十五分钟后抵达。希望它能挺到那时候。我们别无选择，只有他们能救它的命。”

36

我把双膝抵在胸前，蹲坐在角落里，感觉很无助。我试着想象瓦马伊手持步枪，笃定地朝人群瞄准的样子。他们心里应该很清楚，要谨慎对待这位巡逻员。

我不安地扫了一眼教室两侧，墙上有四扇小玻璃窗，上面全是污渍。就算有人打破玻璃也不要紧，因为窗户很窄，成年人根本钻不进来。就这样，我成功地说服了自己。同样，我也让自己相信那把挡门的椅子很管用，万一有人冲进来，瓦马伊也会立刻拦截。我安慰自己说，姆贝古的伤实际上并没有看上去那么重。但我越是想让自己平静下来，内心就越恐慌。

过了一会儿，我站起身，在教室里来回踱步。眼前的景象真是奇特，所有木制课桌被整整齐齐地排成了五列——我的课桌在最前面——墙上不仅有黑板，还挂着艺术品，而在地板上躺着一只需要救治的小象。

我不停地看表，这让我想起姆贝古出生后我再次见到它的那天。当时我坐在教室里心烦意乱，而它的脚步踉踉跄跄——就像现在这样。来回溜达了一会儿后，我躺到姆贝古身边，看着它虚弱地喘着气。我不由得想到了最坏的可能性：*如果姆贝古死了，奥吉旺和肯尼亚野生动物管理局的巡逻员都会驱车离开。那我呢？所有人都会转过头来针对我。*

“他们到了。”奥吉旺的话打断了我的思绪。难道我做梦了？我发现自己正在地板上发呆。我直起身，眨了眨眼，有些茫然失措。我一定是打了个盹儿。

“待在这儿，看好姆贝古，让它保持呼吸。”奥吉旺说着冲出门去。我急忙又把大门堵好。我听见他指示肯尼亚野生动物管理局的巡逻员去开他的路虎，把基金会的人从飞机降落的地方接过来。

车驶离后，一切陷入沉寂。我一直看着姆贝古，它的胸腔一起一伏。它还有呼吸，但我不知道如果它断了气我该怎么办。我能做的就是对神祈祷，求恩克艾保佑它逢凶化吉。

我蹑手蹑脚地走到门口，扒着门缝向外偷瞄。只见奥吉旺和肯尼亚野生动物管理局的人正持枪警戒，人群和他们保持着一定的距离，嘴里不住地嘀咕着，等着莱邦指示。

这时，姆贝古轻轻地咳了一下，接着发出一声呜咽。我赶紧回到它身边。

“对不起，对不起。”我低声说。

它微微抬起鼻子。我知道它听出了我的声音。当我靠得更近时，它又抬了抬鼻子，似乎想用鼻子蹭蹭我。

“别，姆贝古，别这样。你省点儿力气。我在这儿陪着你，哪儿也不去。好吗？”

姆贝古的皮肤上出现了湿漉漉的水滴，是我的眼泪。

看得出来，我的声音给了它些许安慰。于是，我继续往下说。我告诉它，对于它妈妈和象群中另一只被射杀的大象，我感到十分抱歉。我也很痛心，到现在还不知道到底是谁干的。我还和它讲了我妈妈是怎么走的。

“现在，咱们都是孤儿了，姆贝古。”大声说出来让事实无可回避。我又一次想，接下来，我们——姆贝古和我——会怎么样。

37

路虎回来的时候，我感觉好像已经过了几个小时。我听见救援队跳下车，砰的一声关上车门。

“这些人是谁？”人群中不止一个声音在问。

“这是我们的地盘。”莱邦说，“这些人是谁？没人欢迎他们。”

我没听见奥吉旺的回应。但几秒钟后，他敲响了门，对我说:“贾玛，快开门！”

我赶紧冲过去移开椅子，让他们进屋。他身后的三个人鱼贯而入——两个男的和一个女的。他们手里拿着背包，身穿绿色外套，脚蹬黑色靴子，动作非常敏捷。当他们铺开一张厚实的黑色粗帆布时，我后退了几步，看着他们合力把姆贝古推到粗帆布上。他们语速飞快地交谈着，讲的全是我听不懂的医学术语。

他们迅速检查了姆贝古的伤口，评估了伤势和危险程度。其中一个男人从口袋里掏出一瓶牛奶，送到姆贝古发干的嘴边。他用戴着手套的手扶住姆贝古又大又沉的脑袋，让牛奶流进它嘴里。

“我还以为它们只喝自己妈妈的奶水。”我小声对奥吉旺说。他是我唯一熟悉的人。

“这是基金会专门为小象调制的配方奶。”奥吉旺低声回答。

看见配方奶从姆贝古嘴里淌出来时，我的心倏地一沉。

“它没喝。”一个男救护员说，“它的身体受到了太多冲击。”

“身心严重受创。”另一个救护员表示同意，“哪怕只有一线希望，我们也得把它带回基金会。”

下定决心后，大家开始步调一致地协同合作起来。他们每人抓起姆贝古身下厚黑帆布的一角，数到三，合力把它抬了起来。我给他们打开了门。

38

“你们要把大象带到哪儿？”人群中有人发问。已经过去将近两个小时了，外面仍聚集着十几个人。枪让他们不敢轻举妄动，但看到姆贝古被抬出来，他们的愤怒再次被点燃，叫喊声又开始不绝于耳。

“它是我们的财产，你们不能带走！”

“你们没这个权利！”

“少管我们！”

莱邦挡住了我们的去路：“你们要把大象带到哪儿去？你们以为自己是谁？闯到我们的地盘，还要抬走我们的野生动物？”

“你们的野生动物？可你们想要它的命——还记得吗？”奥吉旺的声音和表情写满了愤怒。

“如果你们胆敢再往前走一步，我们就不客气了！这可是你们逼的。”看得出来，手持长矛的男人已经把自己当成发言人了。

“那就试试看吧。”奥吉旺针尖对麦芒，“这可是一把真枪，我的朋友。”

人们交换了一下不安的眼神，除了为数不多的几个男人，大家都变得犹豫不决起来。

“他不敢朝咱们开枪。”“发言人”说。

“有胆就来试试。我一定会开枪。”奥吉旺说，他的鼻子气得通红。

或许是手持长矛的人不相信奥吉旺说的话，又或许是他不想丢掉颜面，力图挽回尊严。“咱们上。”他高喊着。然后一边挑衅地往前走，一边示意周围几个男人都跟上。

我屏住了呼吸。

“等等！”救援队的一名成员喊道，“我劝你们想清楚。伤害濒危物种后果很严重，这可是要被罚款的。现在放我们走，我们可以不追究你们伤害小象的罪责，不逮捕你们。听明白了吗？”

“你以为你能威胁到我们吗？那你说说看，大象杀了人要承担什么后果？我们的阿露娜死了。”任命自己为发言人的男人说，“罚款？我们要为阿露娜的死惩罚你们。”

我的脊背一阵发凉。和这些人费的口舌越多，救治姆贝古的时间就越少。这让我无比焦虑。

奥吉旺肯定也想到了这一点。“先带它离开这儿。”他压低了嗓子说。

他们将姆贝古抬上车。刚一放平，救援队就把它系稳。然后，奥吉旺转过身，向逐渐逼近的人群走去。

39

“你以为我不会开枪？”奥吉旺大喊。

“你敢吗？”

砰！不知从哪儿冒出来一声巨响。

我赶紧双膝跪地，环顾四周。奥吉旺的手里仍握着武器，他朝天放了一枪，以示警告。

警告奏效了。这些人连滚带爬地四处奔逃。

奥吉旺转身往回走，脸上挂着得意的笑容。肯尼亚野生动物管理局的巡逻员们跟在他后面。“抱歉，伙计。”奥吉旺对他们说，“但他们只能听懂这种语言。”

“你至少先给个预警啊！”之前冲人群喊话的巡逻员怒目圆睁。可奥吉旺根本没注意到，他还在为吓跑了手持长矛的家伙及其追随者感到得意。救援队上车后，人群再次聚拢过来，不过这次没有靠得特别近。奥吉旺绕着车走了一圈后，跳上驾驶员的座位。

“贾玛，来，咱们回家吧。”布萨拉·坎登格挤到人群最前面，站到我身旁。

“没人欢迎她！”那个手持长矛的男人说。

“这片土地是你的吗？”布萨拉·坎登格气得大喊，“难道阿露娜和哈马迪不属于这里？”

“她是个叛徒！”又一个声音响起。

“你说你敬重阿露娜，却要赶走她女儿？”

“她是咱们村子的耻辱和祸根。”

奥吉旺听到了这些恶毒的言语，转过身来问我：“贾玛，你还好吗？”

“不知道。”我的双腿不住地打战，不清楚是因为害怕我所在的村落，还是害怕再也见不到姆贝古。奥吉旺跳下路虎朝我走来，自始至终枪不离身。

“车里有地方，”他说，“你可以跟我们一起走。”

“不行！”布萨拉·坎登格说，“她在这儿有家。”

这话不太准确，我只剩下纳赛里安一个亲人了。

如果我上了车，就没法儿和她说再见了。我脑海中浮现出这样一个画面：纳赛里安一边步履蹒跚地在院子里喂鸡，一边担心我出事。以后不会再有别人听她讲那些陈年旧事了。

“让她走！”另一个声音喊道。

“你们这些无耻之徒！”布萨拉·坎登格回敬了他们。

从她身后闪出一个影子，朝我走了两步。原来是勒库。他一言不发，只是在布萨拉转过身求我别走时，以几乎让人无法察觉的方式，微微点了点头。

勒库有可能在意我的去留吗？如果留下，我俩会成为朋友吗？有那么一瞬间，我想象着和他一起走到河边，坐在我最喜欢的那棵大树下乘凉。然而，人群中又有人喊叫了起来。就这样，幻想的泡沫瞬间破灭。

我深吸了一口气，挺起胸膛。“他们不希望我留在这儿，阿姨。妈妈走了，没人要我了。”说完这些，我的胸口阵阵发疼。每当提到或想起妈妈时，我的心就像被扎了一刀。

我在脑子里把仅有的几个选项想了个遍，都谈不上可行。事实上，它们都算不上选项，全是微不足道的利和令人生畏的弊。

“真的吗？”布萨拉转身询问走到近处的莱邦，“难道我们已经容不下这孩子了吗？”

莱邦没理会她，而是冲着奥吉旺挥了挥捏紧的拳头。“你竟敢朝我们开枪？明天我要做的第一件事就是去办公室投诉你。”他的说话声因愤怒而颤抖。

“随你的便。”奥吉旺说，然后转向我，“贾玛，咱们得赶紧走——这只小象等不及了。”

我没空多思量，留给姆贝古的时间不多了。我也害怕局面失控，因为每个人都越来越生气，就连奥吉旺也快压不住火了。

我又深吸了一口气，下定了决心。我知道这个决定将永远改写我的人生。

“我跟你走。”

我们必须尽快离开。

“对不起，布萨拉妈妈，我很抱歉。”我对她说。但我心里并不清楚自己在为什么而道歉。

“可万一发生什么事你怎么办？你要去哪儿？”她问道，声音悲伤且低沉，旁人根本听不见她在说什么。

“我不知道。”这是令人生畏的事实，“替我向纳赛里安道个别，好吗？”

我微微转身看着勒库，然后向他挥了挥手。

随即我就走开了，没有再回头看布萨拉或勒库。我能感觉到他们在目送我远离，但我做不到让自己回头。

我爬上路虎后座，那里的座位已被折叠收好，给姆贝古腾出了地方。我把头靠在它的后背上，尽量不去想接下来会发生什么，我要去哪儿，到那儿后我又会遇到什么。

40

小型飞机左摇右晃地爬升到空中。以前每次看到天上有飞机飞过，我都觉得那一定平稳又自在，但实际上并非如此。

妈妈过去常对我说："许愿时要谨慎，贾玛。有些愿望最好不要实现。"一语中的。

我一直希望能像小鸟一样飞翔，但当我紧抓座椅，看着乌云从小窗外飘过时，立刻改了主意。小型飞机嘎吱作响，在空中如落叶般舞动，时上时下，晃得我脑袋发晕。颠簸时，我感觉整个胃都要被吐出来了。飞机引擎就像一头野兽般不停吼叫，震得我耳膜发疼。

就在几分钟前，奥吉旺帮我登上了飞机，然后与我告别。当他离开（准确地说，是他留在了机场，而我们要离开）时，我特别难过。这点连我自己都没想到。

“我得留在这儿平息整件事，保护区需要我。”他笑着对我说，“我会让大象都平平安安的，贾玛。我向你保证。”

我有点儿生自己的气。去机场的路上，我一心惦记着姆贝古，全然忘记和他说索罗·穆古的事。可现在根本来不及说了。基金会的人显然急于关上舱门，马上起飞。我扑到他怀里，想要一个温暖的拥抱:“谢谢你的帮助。”

“你是一个勇敢的姑娘，贾玛。”

他看我在飞机前犹豫不决，露出了一个宽慰的笑容:“你不会有事的。”他的言下之意是指坐飞机，但我觉得也可能是指其他所有的事。

当飞机不再爬升，开始平稳飞行时，我松开了扶手。抬头望去，只见基金会救援队的队员们全都围在姆贝古身边。

我发现他们每人都佩戴着名牌，两个男队员的名字分别是马修和阿丹，女队员叫达菲娜。他们一脸严肃地工作着，将各种细管、绳子、电线和针头插到姆贝古那小小的身体上。它连着各种小装置，看上去就像穆塔老师上课时用的电脑的背面。

其中一根电线连着黑色显示屏，上面有条贯穿屏幕的蓝色横线正在上下起伏，形成波峰和波谷。救援队盯着屏幕看，我知道他们在依靠这个判断姆贝古在好转还是在恶化。

“它的心律趋于稳定了。”达菲娜说。

当这条蓝线开始形成平稳的上下浮动模式时，我们都睁大了眼睛。它看上去就像一幅风景画：山峰、峡谷、山峰、峡谷。我梳理出了其中的规律：山峰、峡谷、山峰、峡谷……意味着姆贝古状况良好；如果是一条纹丝不动的平直线……嗯，我不要想这个。

41

“它还是不喝奶。”马修说，他正把奶瓶举到姆贝古无力张开的嘴边。

“但它在吸收静脉注射液了，这是一个好兆头。”达菲娜说。

“它会喝奶的，马修。”阿丹的嗓音非常有安抚力，低沉而舒缓，“要有信心，沉住气。”

“沉住气？”马修嗤之以鼻，“我们哪有那么多时间慢慢等？看……”

“安静点儿。”达菲娜打断了他的话，“我们必须耐心，因为没别的办法，不是吗？说话时小点儿声。它已经够难受的了，咱们谁都不想让它雪上加霜。”

他们两个都勉强地点了点头，表示认同，然后转身继续查看屏幕和姆贝古身上的其他设备。

达菲娜的眼神从姆贝古转向我所在的飞机尾端，好像刚看见我似的。她握紧飞机弧形舱面上的把手，向我走来。

她要把我赶出去，我惊恐万分。*她要像扔一袋泥土那样，把我从飞机后面推下去*。如果说那天我领悟到了什么，那就是我是个可有可无的人。连看着我长大的人都不要我，我还能指望陌生人什么呢？

然而，令我惊讶的是，她蹲下身来，平视着我；我看出她根本没生气，反倒满怀关切。

“你还好吗？”她问道，伸手去拿放在飞机侧面的一个蓝色金属盒。

我点了点头。

达菲娜打开那个盒子，从一个小包装中取出一块湿布，帮我擦去脸颊伤口处的血渍。

一阵刺痛，但我一声没吭。我在那一刻下定决心，为了姆贝古和我自己，我必须强大起来。我要像勒库那样冷酷，那才是最好的生存方式。一想到勒库，我的胸口隐隐疼了一下。

“你还好吗？”达菲娜又问了一遍，将一块方形纱布粘在了我的脸颊上。也许她没看到我点头。

“不，”我说，“我是说，是的。不，我不知道。对不起。”我语无伦次，既不知道自己的感受，也不知道该说些什么。

“对不起什么？”达菲娜把手放到了我的膝盖上。这时我才发现，虽然拼尽全力让自己看起来坚强无畏，但我其实一直在发抖。“奥吉旺说你身处险境，我们不会扔下你不管。你叫什么名字？”

“贾玛。我叫贾玛。”

“好。”她的嘴角漾出一个微笑，“听我说，贾玛，你现在很安全。我知道你经历了很多磨难，也听说了你妈妈的事。我很难过。”她停顿了一下，双眼满含同情：“但试着放松下来，好吗？我们很快就到了。”

达菲娜仍用怜惜的目光看着我。当我回望她的时候，感觉有些难为情，因为不知道接下来该说些什么。

就在这时……

42

嘟——嘟嘟——嘟嘟嘟！监视器像疯了一样，不停地发出急促的响声。达菲娜一跃而起，冲回姆贝古身边。

“它的心率在直线下降。”阿丹发出警告。救援队紧紧围靠在姆贝古身边。为了看到它，我不得不在座位上来回挪动，透过两件绿外套之间的缝隙往里瞄。姆贝古惊恐地动了动身体，但幅度很小，明显力不从心。

“静脉注射应该能让它撑到着陆。”阿丹说。

“我看悬。”马修显然失去了信心，颓丧地说，“它是还有呼吸，但能持续多久？它的身体处在严重创伤和恐慌中。它快熬不住了。”

“贾玛！”

一听到自己的名字，我马上跳了起来。达菲娜示意我过去：“贾玛，快过来。”

我原想冲到她跟前，可安全带很不听话。我花了几秒钟工夫才搞定它，因为达菲娜一直眼巴巴地等着，我感觉自己和安全带纠缠了好久好久。解开安全带后，我一脸窘迫地冲到了正围着姆贝古的几个人旁边。

“这是贾玛。”达菲娜向另外两个队员介绍，但他们都没回应，“奥吉旺说，在教室的时候，她曾让小象镇静下来。小象认识她，也很信任她。”

“她受过训吗？”阿丹问。

“受训？”达菲娜问，不耐烦地皱了一下眉，“怎么安抚大象吗？没有。”

“她清楚自己在做什么吗？再多一个人挤在这儿只会碍事。她还是个孩子。”马修说，好像旁边根本没我这个人。突然之间，他和阿丹站在了同一条阵线上。

但我已经不是个孩子了。爸爸去世的时候我就不是了，而现在妈妈也离开了。没有父母的人，是不能继续当孩子的。也许我喜欢爬树、玩耍，和大象一起奔跑，也许短时间内我还没做好嫁人或当妈妈的准备，但经历这么多后，哪怕心里想当一个孩子，我也不再是一个孩子了。不管怎样，我知道我要和姆贝古在一起。于是，我没理会马修与阿丹，朝姆贝古走去。

还没来得及靠近，挂在它身上的仪器就发出了刺耳的警报声。马修拿出两个塑料板，上面的把手连着缠绕的电线。

“那是什么？”我问达菲娜。与此同时，我看到其中一块塑料板上写着：自动体外除颤器。

“它的心脏有骤停的趋势，随时可能停止跳动。这个仪器能让它的心跳恢复正常，给它电击除颤。”达菲娜快速打消了让我帮忙的念头。她所说的话，以及姆贝古身边那一张张写满焦虑的脸庞，让我意识到自己已经不被需要了。

突然，安装在机舱内壁上的小扬声器中传出了嘈杂的响声。接着，有个声音在说：“准备着陆。再说一遍，准备着陆。”

我为姆贝古捏了一把汗，在飞机快速冲向地面时都顾不上害怕了。

“贾玛，快坐下，准备着陆。”马修说。这次达菲娜点了点头，表示同意。马修拿着除颤器跪在姆贝古身旁。

从我坐的位置望去，正好能与姆贝古的眼睛对视——这是一个绝佳的角度。我知道它能看见我，所以我一动不动。不仅如此，我还紧紧地盯着它。就连马修搂住它，好让电极板能压在它的胸腔时，我也没移开过视线。

“分析心律。”仪器响了，一个洪亮的电子男声发出指令，“准备电击。”刚说完，飞机就下降了几米，我的心差点儿飞出嗓子眼儿。

“准备电击，三——二——一！”仪器说道，“电击。”

43

我看到有一股电流直击姆贝古，让它全身一震。马修牢牢地固定住电极板，以防摔倒在地。

“电击结束。”仪器操作完毕后，一切归于沉寂。所有人都向心电监护仪望去。蓝线开始移动，时而出现小峡谷、小山峰，但大部分仍没有起伏。

当飞机的轮子在地面上碰撞时，我紧紧地抓住扶手。接着是一阵刺耳的摩擦声，飞机滑行着停了下来。

“加油，加油。”马修嘀咕着，眼睛扫来扫去，一会儿看姆贝古，一会儿看监护仪。

姆贝古，求你了。我祈祷着，你能行的，你能做到。

接着，我冒出了一个自私的想法：如果它死了，我将一无所有。无父无母，没有亲友，无家可归，无处可去，没人爱我。

“求你活下来，姆贝古，求你活下来。”我听见自己在轻声低语，“你必须活下来。我不能失去你。”

44

飞机着陆后，一切都进展神速，节奏快得让我感觉脑袋里全是蜜蜂的嗡嗡声。

姆贝古被紧急送往一辆等在停机坪的卡车。这座小型机场，就像是嵌在广阔泥土地里的一条混凝土带。我离开村子冒险，去过的最远的地方就是那个水坑。就是在那儿，我发现了象群。

开车的时候，太阳每落下一寸，天色就暗淡一分。车不断地往前开，我不禁想，自己正在逐渐远离所熟悉的一切。虽然我知道妈妈再也回不来了，但还是感觉离她越来越远。

我极少坐车，也很不适应路途颠簸，加之刚经历了高空飞行，且度过了跌宕起伏的一天，此时的我早已头晕目眩。各种因素混杂在一起，我确信自己马上就要狂吐不止了。

幸好，就在这个时候，达菲娜说马上就要到了。然后，我们转向一条有大门防守的车道。借着卡车前照灯的亮光，我看到了一行标识，字很大，写着：**大卫·谢尔德里克野生动物信托基金会**。

整个车程中，我一直关注着车后的姆贝古。它一直闭着眼睛，现在，它看上去平静多了，好像正在熟睡。但我不知道这是好是坏，它是在悄悄离开我吗？

我们把车停在了一个院子的几栋小楼前，一些工作人员冲过来帮忙。姆贝古被抬走时，我紧跟在后面，很担心它会从我的视野中消失。同时，也担心如果自己跟不上大部队，他们就会把我忘得一干二净，那我就找不到路了。

我们走进一栋楼。门口的墙上挂着一幅画，那是一个由三张脸围成的圆圈：大象的脸、犀牛的脸和戴帽子的人脸。这幅画下面是这个组织的宣言：**毕生致力于保护非洲原始大地及其常住民，特别是大象和黑犀牛等濒危物种**。

我清楚什么是原始大地、大象和黑犀牛，但搞不懂什么是常住民。我想知道这是哪种动物，长什么样。

冲过第二道门后，姆贝古被抬进了一间放着桌子和医疗设备的小屋。我又一次紧跟上大家的脚步。救援队员们边走边交谈着。

显然，姆贝古还没有脱离生命危险。

45

马修扶着的氧气罐上，有一根管子连到姆贝古的嘴里。另一位救援队员手举两个装满液体的塑料袋，这些液体正被输到姆贝古的身体中。阿丹则抱着心电监护仪。

每一个围绕在姆贝古身边的人似乎都在做些什么，除了我。一种无能为力的感觉席卷了我，我讨厌这种感觉。

房间里很冷，冻得我瑟瑟发抖，我只穿了件薄衬衫，上面满是棕色的血渍。我低头看去，发现自己还穿着勒库的凉鞋。我想起第一次穿上这双凉鞋时的情景，好像是上辈子的事了。前世的记忆，就像扎在心口的刺一样疼。

我从一扇窗里瞥见了自己的身影。脸上还有达菲娜给我包扎的白色绷带，圆圆的小脑袋，还有眼睛，疲惫让我的眼睛看上去比平时大了一圈，就像在学校图书馆里的科幻小说中看到的某种外星人。

“它的呼吸还好吗？”马修问。

“不太好。”阿丹答道，“它在挣扎。希望静脉注射的维生素能快点儿奏效。”

“它还是受惊过度。”达菲娜说。

它必须得喝奶，它不会喝的。

他们的话就像一首糟糕的歌曲，陷入了无休止的循环。句子的碎片在我脑海中一遍又一遍地回响。

它的心律不稳……心律暂时稳定……吸氧不管用……吸气的方式不对……它无法放松……它受惊过度，它受惊过度，它受惊过度……

我捂住了耳朵，想把声音挡在外面。结果却适得其反——我把声音困在了脑子里。

马修和其他队员推开了屋子的后门，那里直通一座小院，四周围着网格状的隔板。天空一片漆黑，但悬挂着的一排灯笼照亮了院子。适应了昏暗的光线后，我环顾四周，发现两只犀牛宝宝正透过木板条的缝隙盯着我看。这里有一排长长的木制棚屋。我的双眼睁得更大了。

令我欣喜的是，我还看到了五六只象宝宝。我从木板条的缝隙看见它们正在睡觉，身上盖着五颜六色的毯子。每间棚屋的角落里，都堆了一地树枝和叶子。我猜那是给小象的夜宵。

马修和救援队的伙伴把姆贝古放到一间闲置的棚屋时，我一路看着。

嘟嘟——嘟嘟嘟！嘟嘟嘟——嘟嘟——嘟嘟嘟嘟嘟嘟！又是警示姆贝古心率下降的可怕响声。所有人的神情同时暗淡了下来。

“它快不行了。”马修一脸沮丧地说，“氧气送不到它的肺里。”

姆贝古的眼皮微微抬了抬，瞬间就闭上了。

“你在等什么呢？电击啊！”这几个字从嘴里蹦出来后，我才意识到自己喊出了声，哪怕达菲娜早已和我解释过，再次使用除颤器几乎没什么效果。

救援队员们全都停了下来，盯着我看，神情中既有一丝惊讶，又有一丝怜悯。有几个人看起来还有些许困惑：这里为什么会有一个干瘦的陌生女孩对他们大喊大叫？

不怪他们。如果我是他们，也会用怜悯的神情看自己。我知道自己无论是看上去还是听起来都太古怪了。可看着姆贝古又合上了眼，我感到万分恐慌。

就在这时，在令人忧心的、时断时续的嘟嘟声中，潜进了一个特别的声音。这是我熟悉的声音，和象群待在一起时我曾听到过——那轻柔的隆隆声。

46

邻舍的大象们全醒了，透过木板条的缝隙注视着姆贝古，试图用象鼻碰它。它们在欢迎姆贝古的到来。

“快看啊，”达菲娜指着姆贝古说，“它的眼睛。”

姆贝古的双眼睁开了一点儿，然后又睁大了一些。

“它的心律稳下来了。”马修看了看监护仪。其他人也都在目不转睛地盯着，只见它的心律正逐步恢复到稳定模式。

嘟——嘟——嘟——嘟——嘟——嘟——

大象们仍在发出召唤，且不断尝试把象鼻伸出木板条，而姆贝古则一直木然地睁着双眼。监护仪显示状态稳定。

“好像……”达菲娜有点儿拿不准，“它的呼吸好像开始平稳了。”

“这些大象安慰了它。”阿丹说，然后他头一次对我本人讲话，“很好，贾玛。只要能呼吸，它就能熬过这一关。”

“别太早下结论。”马修双眼一刻不离监护仪，两根手指按压在姆贝古的脉搏上，“趁它还算平静，咱们得赶紧给它缝合伤口。”

我不安地望着监护仪，救援队员们从一个大金属箱里取出医疗器具，开始处理姆贝古全身各处的伤口和瘀青。

监护仪上那条发光的蓝色线条走势稳定，但每次不规则的起伏都像一记重拳击在我心口。我深深地吸了一口气，佯装自己能控制那条蓝线，有能力让它保持顺畅，只要我把控好嘟嘟声的节奏，姆贝古就会平安无事。

大象们轻柔的呼唤声、剪刀发出的咔嚓声、手术刀与托盘之间细微的碰撞声都消失了，全世界只剩下姆贝古、我、那条蓝色线条，以及那节奏稳定的“嘟——嘟——嘟——”。

“我能摸摸它吗？”我问马修。我想再次触碰它，靠近它。

“可以。”

我跪在姆贝古的脸旁，摩挲着它的长鼻子。我知道，清理和缝合伤口可能会很疼。记得妈妈以前用没药树[①] 树脂做的药膏为我涂抹伤口，涂的时候疼得钻心。不过，姆贝古非

---

① 没药树，主要产于非洲东南部，阿拉伯半岛等地也有分布。其树皮渗出的树脂结块变硬后，称为“没药”，有活血化瘀、消肿止痛等功效。

常坚强，因为它是一个斗士。它那双圆圆的大眼睛直直地盯着我看，似乎在告诉我别放手。我当然不会，我一直陪伴它到马修缝完最后一针。现在，它身上尽是紫色的瘀青和涂抹了药膏的白色斑点。

“它的呼吸节奏保持得好极了。”达菲娜说。

“再试着给它喝点儿奶。”马修说。他拎起一个瓶子，瓶口处有个亮橘色的奶嘴——看上去非常像婴儿奶瓶，只是做成了五倍大。马修把奶瓶斜着放到姆贝古嘴边，它一下子就把奶瓶叼住了。

“它在喝奶！”达菲娜欣喜万分。

在场的每个人都怀着自豪与喜悦之情望向姆贝古，它正如饥似渴地大口喝奶。

我很想问问它是不是已经在好转了，但话到嘴边却没讲出口。相反，我刚一起身，就感到有一片白云降临到了头顶——我好像飘到了半空。我摇晃着双腿，试图让自己站稳。周围的一切都静止了。

接着，我听见了妈妈的声音，好像她就在我身旁：“你做到了，贾玛。你救了它。我以你为傲。”

我环顾四周，想看看声音是从哪儿来的。但是所有的一切都在转啊转，越转越快，最后只剩下一片漆黑。

47

醒来时，我发现自己正躺在床上，盖着印有格子图案的法兰绒毯子，从头到脚都是汗。天花板特别低，几乎要压到我脸上，让我感觉不太舒服。床铺上有一圈木制围栏，把我围在里面。

这是哪儿呀？我的心开始怦怦跳。我抱紧毯子，努力让大脑恢复运转。接着，过去的事全都冒了出来：我妈妈死了，我妈妈死了，我现在无依无靠。

我支起胳膊肘向四周望去。原来，这里有一排上下铺，我正躺在其中一个上铺上面。怪不得天花板离我那么近，还围着围栏——我终于明白过来，这样我就不会滚下去了。

我往床下看去，看到了几只小象，有的在休息，有的在闲逛，还有的津津有味地吃着堆在角落的树叶和干草。

更多的记忆碎片在脑海中闪现：飞机、心电监护仪、大象的呼唤声。我所在的地方是大卫·谢尔德里克野生动物信托基金会。

“你醒啦！”达菲娜从床下冒了出来，咧着嘴冲我笑。

“嗯。”哪怕就发了一个音，还是有些吃力，我的声音虚弱又沙哑。我深吸了一口气：“发生了什么事？”

“你脱水很厉害，筋疲力尽，晕倒了。我们只好给你静脉注射，好补充水分。”

我连上次吃饭是什么时候都想不起来了，难怪会晕倒。

“谢谢你帮我。”我正想说我要走了，却意识到自己根本无处可去。

想到这儿，我猛地直起了身子。匆忙间，我的头一下子撞到了天花板的横梁上。我紧咬双唇，强忍泪水。别哭，别哭，别哭，你要坚强。我一遍遍地对自己说着，但无家可归这件事让我很难忍住眼泪。

有一两滴泪不听话地淌了下来，幸好流进了纱布里，没被达菲娜看见——她就站在我缠着绷带的脸颊旁边。

“天哪，”达菲娜说，“看上去好疼。”

“不疼。”我撒了谎。

“下来吧，贾玛。我知道有个朋友很想见你。”

姆贝古！我感觉体内突然迸发出一股力量，推着我赶紧爬下梯子。

它看上去小小的，蜷缩在角落里，身上盖着橘红色的毯子，正安稳地睡着。“它看上去很……很……”我一时词穷。

健康？不准确。强壮？也不对。

“有生命力，而且平和……”我转身问达菲娜，“我能抱抱它吗？”

“当然可以。”

我缓缓地走近，把手放到姆贝古的背上，以此判断它是否舒适。它一定是感觉到我的存在了，因为它睁开了双眼，用鼻子来蹭我。接着，它叫了起来，就像一只鸟，只不过声音更大些。

“它认得你。”达菲娜说，“它知道是你救了它。”

“真的吗？”虽然心里很清楚达菲娜说的没错，但我还是不确定地问。

仿佛是为了确认这一点一样，当我挨着它躺下时，姆贝古把鼻子搭在了我的身上。

48

“姆贝古？”达菲娜问，“这是你给它取的名字吗？”

“它还像一粒种子那么小的时候，我们就认识了。”我解释道，“我想看着它长大。”

“它有你真是太幸运了。如果不是有你守护……”我们谁也不想再接着往下说了。

我俩静静地坐了几分钟，望着沉沉入睡的姆贝古。事实上，我是在尽量拖延时间，不想面对接下来发生的事。他们肯定会要我离开，会把我送到内罗毕吗？关于这座城市，我所知道的就是那里有很多人和很多店铺。

我想起了纳迪亚，那时她多想去内罗毕，多想去电视上看到的那些场所跳舞啊！纳迪亚！另一段回忆，又一次心碎。我还会再见到她吗？

我再次斩断关于前世的思绪，我得多想想未来的生活。

也许，我能在某个市场找到一份做鞋的工作，说不定还能找个地方住？想到接下来以及日后会发生的事，心跳再次加快。所有的一切都是一个黑洞。

“贾玛，你还好吗？”

“嗯，嗯，我很好。我只是……我只是在想接下来我该怎么办。”

“嗯，关于这件事……”

我几乎什么都没听进去，因为脑子里想的全是自己的窘境：一无所有，没衣服穿，身无分文，只有勒库的这双凉鞋。我家一贫如洗，妈妈留给我的只有无尽的回忆，苦涩又甜蜜的往昔。

“你觉得怎么样，贾玛？”

陷入沉思的我完全不知道达菲娜刚才讲了什么，只好说：“对不起，能再说一遍吗？”

她露出微笑，耐心地对我说：“我们希望你留在这儿生活和工作，贾玛。”

一分钟后我才反应过来。

“真的吗？”

“没错，是真的。其他护理员，还有我，我们一直在谈论昨天发生的每件事，以及你是如何应对的。你给我们留下了非常深刻的印象。你对姆贝古的同理心，你为了救它所付出的……嗯，我们从未见过类似的情形，特别是发生在这么年轻的人身上。”

“谢……谢。”我结结巴巴地说。我的脸变得热乎乎的，虽然身边只有达菲娜，却好像全世界都在注视着我。

“要年满十八岁才能加入救援队当护理员，不过我们很愿意邀请你担任少年护理员。”

“少年护理员……你是说照看大象吗？”我问道。

达菲娜点点头，脸上露出了无比灿烂的笑容。

“当真？”

“绝对当真。”达菲娜说，“你如果愿意，明天就可以开始训练。或者等你感觉准备好了，什么时候开始都行。我知道你还没缓过来，如果需要一些时间也完全没问题。发生这么多事，我能想象出你的身心受到了多大的创伤。”

“你是说……我可以住在这儿？”我问道。

听了我的话，她哈哈大笑起来。“是啊！不然你要去哪儿住？咱们都住在这儿，这样就能和动物亲密接触了。你可以睡在那儿，挨着姆贝古，”她指了指我醒来时躺着的那个上铺，“如果你愿意的话。”

“真的？你确定？”我把手放到胸前。我太开心了，如释重负，面对如此厚待，我真担心自己承受不住。“谢谢，谢谢，太感谢了。”我说，“你救了我的命。爸爸妈妈都走了，我无处可去，已经无家可归了。”

“我们不会让你无家可归的。”

“谢谢。”我又说了一遍，感觉自己说多少次都不够。

达菲娜用伤感的眼神望着我。当村子里的人抛弃我时，基金会的人却希望我留下，对此我心怀感恩。我笑了。虽然在某种意义上，我有些开心，但内心深处仍在隐隐作痛。

“现在这里就是你的家了，贾玛。”达菲娜说，我站起身来，她让我搂住她的腰。我紧紧地抓住她，脸颊贴在她的T恤衫上。紧接着，我放声大哭起来。我为妈妈哭泣，为姆贝古哭泣，为救我的守护天使们哭泣。

“不管怎样，”在我喘息的片刻，达菲娜补充道，“无论到哪里，你都会活下来。你经受住了苦难，就像姆贝古那样。”

49

姆贝古越来越壮实了……我也是。来大卫·谢尔德里克野生动物信托基金会已经几个月了，我俩都逐渐适应了新生活。姆贝古受的伤几近痊愈，我脸颊上划的口子也差不多好了，但我们内心还都藏着更深的伤痕。

有时，我会和姆贝古交换一个眼神，就好像我俩同时在想一件事：我们都经历了磨难。因此看着它茁壮成长，我会感到幸福。

它最喜欢洗泥浆浴。当它不停地在厚泥浆里撒欢时，我就在一旁看着，无比快乐。起初，它似乎需要下定决心才能做这事，而现在，达菲娜和我的笑声让它备受鼓舞，洗泥浆浴成了一个重要游戏。显然，它喜欢我们这些观众。

姆贝古不仅喜欢给护理员们表演，还很乐于让其他大象开心。基金会里生活着三十只大象孤儿，它们是被从肯尼亚各地救出来的，大多数因为不法分子偷猎而失去了母亲。有时候，看到那么多不到五岁的小象没了家人，我的心都碎了。我知道那是什么感觉。但是，这也意味着姆贝古有了二十九个新朋友。很快，它就成了表演泥浆浴的明星。

一些大象（包括姆贝古最好的两个朋友拉勒拜和加科基在内）缓步走到大水坑的一端，姆贝古围着它们开始了专场演出。它先是扭来扭去，来回翻滚，然后一屁股坐在后腿上，甩着小长鼻子在泥浆里左右摇摆。

我发誓，从围着它看的样子来看，它们全都被姆贝古的滑稽动作逗乐了。然而，令人哭笑不得的是，这场表演竟以它喷了我一鼻子水的方式谢幕。一如往常，我的制服——那件胸前写着“大卫·谢尔德里克野生动物信托基金会”字样的绿色长外套上，又被溅满了泥点子。

来到这儿之后，姆贝古较快地走出了困境。但我却没有，我无法敞开心扉去交朋友。我总是独来独往，身上笼罩着一层悲伤的气息，就像沾在身上的烟味，久久挥散不去。

不过，以姆贝古为榜样，我终于还是努力交到了两个新朋友。

第一个是十九岁的内森。在基金会，除了我之外，就数他最年轻了。他也是基金会里我近距离接触到的唯一一个白人。我有时会忍不住盯着他的胳膊看，他的双臂太白了，都能看到血在蓝色血管里流淌，就好像他的皮肤是透明的一样。

另一个朋友是二十三岁的哈萨娜。哈萨娜曾离开内罗毕到英国求学，学成归来后在这个基金会工作。我时常心怀敬畏地望着她，因为她实现了我的梦想。哈萨娜的研究方向是野生动物管理，她有成摞的专业书籍，会让我也读一读。

内森教我下跳棋。上班时，我们主要负责打扫棚屋，洗干净动物宝宝们喝奶用的瓶子，还有其他永远做不完的工作，以维系机构运转。一到休息时间，我们就玩一款叫“马拉松”的游戏。起初，他总让着我，但现在我已经赢多输少了。

当然，和哈萨娜、内森、姆贝古在一起时，我感到非常快乐。只是在这些美好时刻里，我内心总会产生一丝愧疚和羞耻感。妈妈永远离开了，爸爸也不在了，我再也见不到乡亲了，我怎么能快乐呢？我这么幸福，是不是太无情无义了？

不过，现在我没时间考虑这些。嬉戏时间结束了，我得让大象从泥浆里出来。让十几只活泼贪玩的大象返回自己的棚屋可不是一件容易事。

50

“你真是无师自通啊，”达菲娜说，“这么快掌握了所有窍门。我就知道你是‘天选之子’。”

我感到骄傲又羞涩，脸都红了。

“继续保持。”她说着拍了拍我的后背，然后朝办公室走去。

我还记得最开始自己是多么畏首畏尾，不敢提问，担心万一犯错他们就会让我离开。办公室里有很多关于大象和其他动物的书，我读了一遍又一遍，尽可能多学多看。

上周的某天，内森发现我坐在桌子底下，如饥似渴地读着一本别人留下的破旧平装书。那是一本回忆录，讲了一个名叫珍妮·古道尔的女士在坦桑尼亚与黑猩猩一起生活的故事。

“你知道自己很有天赋，对吗？”他说，“你可以随心所欲地阅读。不过在和动物打交道上，你真的非常擅长。你很有耐心，这是天生的。”

和听到达菲娜称赞时的反应一样，我咧嘴笑了。我感觉自己就像一朵花，被他们的赞美和接纳浇灌着。

“你已经走了那么漫长的一段路。”内森对我说。

“有吗？”我问。他不知道我上一秒才感觉好多了，可转瞬又会被悲伤压得喘不上气来。不过，一如平日，我只是笑了笑。

“刚到这里的时候，你……你总是自我怀疑，很没有安全感。”他说。

我把一只手搭在腰上，头歪向一侧，没接他的话。这样他就知道自己刚才说错了。

“我并不是说那样不好。”他试着打圆场，“你刚来没多久，又很羞涩，我就是想表达这个意思。现在，你很……自信。”

“嗯——”我翻了个白眼，然后冲他微微一笑。这样他就能明白，我刚才是在开玩笑。这是从姆贝古那里学来的：它和朋友们摔跤时，会把脸转向一边，这样朋友们就会知道这只是个游戏；或者当它追逐小鸟时，会把鼻子藏到腿中间小跑，这样小鸟就会知道它并不想伤害它们。

刚刚还在笑话我的内森忽然一脸真诚地说：“说真的，你瞧姆贝古做得多棒啊！我从没见过这么快就恢复过来的动物，这在很大程度上要归功于你。”

虽然这句话听上去是真心的，但还是令我猝不及防。

眼前的内森正推着一辆独轮车过来，车上装满了奶瓶，每瓶三升，足够让所有大象填饱肚子。这是我最喜欢的环节之一：每天早上我们配好奶，然后看着它们用长长的粉色舌头大口大口地喝进肚里。这也是最脏乱的工作之一。一天下来，我的制服上沾满了泥块、奶渍，当然啦，还有粪便，多到数不过来的粪便。

51

一如往常，这一天都在忙碌，我几乎没注意到太阳已经落山了。一到这时候，节奏放慢，恐惧感就会向我袭来。

几乎每晚都会如此。在静谧的夜色中，爬上床铺后，我会难以控制那些阴郁的念头。大多数夜晚，我躺在床上，双眼紧闭却毫无睡意，满脑子都是妈妈和爸爸，还有我们的家。

我想知道纳赛里安过得好不好，有谁在帮她打水。我想起妈妈种的豆子，担心叶子可能早已枯萎，像妈妈一样凋零逝去。我想知道纳迪亚是不是嫁给了杰拉尼。我想知道象群的其他成员——默多克、露露和其他大象现在怎样。

也有许多个夜晚，我会想起索罗·穆古，想知道他是不是还在那里祸害大象。

我曾把心中的疑虑讲给达菲娜听，她对此并不感到惊讶。她解释说，这种行为很普遍，有很多腐败的巡逻员收受贿赂，纵容包庇偷猎者。本职工作是保护动物，结果却用它们的生命换取钱财，我想不到比这更恶毒的事了。

更糟的是，她解释说，哪怕把我的怀疑上报给相关部门，如果没有确凿证据，也拿他没办法——这正是我所担心的。虽然我没有任何证据，但至少她相信我说的话。不过，我们还是无法知道在他当值时又有多少大象丧命。这件事一直萦绕在我心头。

那晚，我盖着方格毯子辗转反侧，最后终于睡着了。但没一会儿，我就被噩梦惊醒了。在梦里，有个戴墨镜的男人在后面追赶，可我根本跑不动。

接着是妈妈的尖叫声："快跑，贾玛！"

尖叫声连绵不断，响彻天际，好像是从我耳朵里传出来的。然后是砰的一声闷响，随即是一片哭喊声。

我挣扎着醒来，感到呼吸困难，不由得大口喘气，就好像我真的在灌木丛里全速奔跑过。

我浑身发抖，从床铺爬下来，蜷缩到姆贝古身边。我把头枕在它的肚子上，感受着它的呼吸。这对我是一种安慰——我想象自己轻轻地漂浮在海面上，就像记忆中当我还是婴儿时被妈妈抱在怀里摇晃一样。

"你没事，贾玛。你没事。"我默默地自言自语。听着自己的声音，我慢慢平静下来。但很快，内心的不安又化成了细小的碎片，泪水不由自主地流淌下来。

姆贝古睁开一只眼睛，然后抬起长鼻子，搭在我身上。

我想知道：它还记得它妈妈的遭遇吗？它会和我一样，脑海里不断闪现过往的片段吗？大象也做噩梦吗？

依偎在姆贝古身边时，我做了一个决定。我还可以做些事情，我必须去做。也许那样，以后我就不会做噩梦了。

况且，顾影自怜是救不了任何一只大象的。好在我知道可以做些什么了。

52

“能帮我再寄一封信吗？”第二天早上，我问达菲娜。

“没问题。”她看上去有点儿吃惊。自打来到这儿，我只寄过一封信。

“我想再给纳赛里安写封信。”我解释了一下。

那天晚些时候，趁着工作的间隙，我坐在一棵树下，拿出达菲娜给我的笔和纸，开始给纳赛里安写信。

亲爱的纳赛里安：

很抱歉，过了这么久才给您写第二封信。我每天都想您，想知道您过得好不好。我知道您一定很担心我，我应该早点儿给您写这封信的。

但您不用惦念，我很安全，也依然很喜欢基金会的生活。

能照顾来自肯尼亚各地的动物孤儿和生病的动物是我的荣幸。现在，这里有三十只小象，还有一些其他动物。

您会喜欢这些动物的，纳赛里安。它们顽皮又可爱。在这儿工作的达菲娜是我的朋友，她说我是“天选之子”。

我在信里增加了很多关于姆贝古和在基金会生活的细节，结果这封信写得越来越长，就像纳赛里安讲的故事一样没完没了。

最后，我说到了重点，也就是需要她帮忙的事。我尽可能写得简单明了，希望她相信我说的话。我告诉她，我非常确信索罗·穆古收受贿赂，纵容包庇偷猎者。

我不想将纳赛里安置于危险境地，但我知道她和我一样喜爱大象。

我告诉她，大卫·谢尔德里克野生动物信托基金会的人要开启调查，但需要能揭露他的罪行的证据。鉴于村子里的任何事都逃不过她的眼睛，我请她留意一下正在发生的事。如果听到令人起疑的细节，就告诉我，或许我们能顺藤摸瓜，找到所需要的证据。她是唯一一个不怕索罗·穆古的人。

写完信，我大声读了一遍，这让我感觉好像在对纳赛里安说话。我想象着自己和她围坐在炭炉旁，在星光闪烁的夜空下，听她讲永远也讲不完的故事。这样的回忆既温馨又感伤。

第一次给纳赛里安写信时，一个重要的问题是我该如何把信寄到她手里。我知道，她在内罗毕的表亲每次写信都会寄到我们学校的校长旺德拉夫人那里，校长总是把信转交给我，让我带回家。所以，我决定把信寄到学校。这次也不例外。

我很清楚，无论谁给纳赛里安送信，都得读给她听，因为她没法儿看信。有段时间是爸爸读给她听，后来爸爸去世了，就轮到妈妈读，再后来我识字了，这个任务就交给了我。现在，我也不在她身边了。我很好奇谁会来给她读信。

我可不想让这封信落到索罗·穆古手中。但我只能冒险一试。

我蘸着蓝色墨水，小心地用方形字母写上纳赛里安的名字和代收人旺德拉夫人，以及学校的地址。写好后，我看了看，感觉很满意。我成功地模仿了纳赛里安的表亲寄的那些信上的字迹。我想，如果看起来像她表亲寄来的，就不会引起怀疑。

我走到办公室，把信放进基金会的邮包，祈祷旺德拉夫人会把它转交到纳迪亚手中。每个人都知道她一放学就去市场帮她妈妈干活儿，路上会经过我们的院子。或者准确地说，是经过现在只有纳赛里安一个人住的院子。

我不介意让纳迪亚给纳赛里安读信。因为要说谁的嘴最严，那肯定是纳迪亚。

我想知道纳迪亚会不会因为我没给她写信而难过，也想知道她有没有想念我。在成长的路上，我们渐行渐远，这是事实。但她仍是我的第一个朋友，这一点永远不会改变。

53

信寄出去之后，我每天都在想纳赛里安收到了没有。她既不会读也不会写，我倒不指望有回音，但希望她收到消息后能开心些。

就这样过了两周，有天下午，我一抬眼发现内森正冲我挥手打招呼。当时我正在泥浴场和大象们玩游戏。

“有人来看你啦！”

我的心一下子悬了起来，既忐忑又期待。会是谁呢？

只有纳赛里安知道我在哪儿。她老人家绝不会长途跋涉来内罗毕。莫非是她委托了谁来看我？会不会是她那个住在内罗毕的表亲呢？又或者是乡亲们想念我，来跟我道歉了？难道他们想让我回去？一时间，我思绪万千。

我迅速地换下长筒胶靴，洗了个手，然后朝接待室走去。值班人员指了指旁边的小屋。

门半开着，就在踏进去的那一刻，我听到了一个熟悉的声音。一阵寒意从脖颈蹿了上来，转身离开已然来不及了。我看到站在我眼前的正是索罗·穆古。

“进来吧，贾玛。”他脸上堆着笑，却仍像在冲我怒吼，“家乡的人都向你问好。”

我稍微往前挪了挪，把恐惧咽了下去，希望索罗·穆古没注意到。

贾玛，要勇敢。贾玛，要表现出你的无畏气概。我心想。

屋子很小，穿着迷彩服、戴着墨镜的索罗·穆古几乎占据了整个空间。每个人都离得很近，彼此几乎可以碰到。

“下午好，穆古先生，大家都好吗？”我的声音听起来又尖又细。我所能想到的就是，他以某种方式知道了我写给纳赛里安的信件内容——我要告发他。难道他是用某种手段截取了那封信后跑来威胁我的吗？

54

“坐吧。”索罗·穆古说，好像这是他待客的地方。

我仍站着不动。我守着门口，不打算换位置。

他双唇紧闭，目不转睛地看着我，然后站起身，走到挂在墙上的公告牌前，仔细研究上面的照片和公告。

他背对着我说：“嗯……看得出来，你和你的朋友相处得不错。”

他轻轻地碰了一张照片。那上面，我正站在姆贝古旁边，姆贝古把鼻子搭在我的肩头。那是刚来基金会没几天时拍的。姆贝古身上都是瘀伤，目光呆滞。我也浑身散发着悲伤的气息。我俩紧紧地相互依偎着。照片精准地捕捉到了最开始时我和它的状态。

我低头望着自己的两只脚——脚上穿着勒库的凉鞋，离开泥浆浴场时我就换上了。我每天都穿，现在这双鞋已经破旧不堪了，但我就只有这点儿家当。我把注意力集中在脚上，但依然能感觉到索罗穿透墨镜盯着我的目光。

“我们来这儿是因为要找你的朋友。”索罗·穆古的话吓了我一跳。

朋友？是谁？他在说什么？

“你的朋友，勒库。明摆着，他跑了。他妈妈和两个妹妹都快急疯了。”

呃，你看起来倒没那么担心。“我不知道他在哪儿。上次见到他还是我妈妈去世后的第二天。”

“啊——这么说，你认同他是你的朋友喽？”他转过身，从墨镜上方望向我。

他在给我设陷阱。

“实话实说，不是。他不是我的朋友。我们只是在同一所学校上学。”我说。说这话让我感觉很奇怪，好像自己是个叛徒。

我很想知道勒库是怎么和他妈妈说的，让她认为我们是朋友。

索罗·穆古一直盯着我看，我也回敬了“注目礼”。我下定决心，绝不能被他吓到，我没做错事。虽然很担心勒库，但我确实不知道他在哪儿。至于说认定索罗·穆古是偷猎者，如果一切都是真的，那我就更没有错了。

“好啦，先生们，我想咱们该撤了。”索罗·穆古说完，另外两个人站了起来，“明摆着，勒库不在这儿。这位小姐不知道他在哪儿。我回去说给他妈妈听。”

我怒火中烧。索罗·穆古来这儿不是出于对勒库的关心，仅仅是为了给老婆一个交代。

我走到门外，站在一边，好让他们三个出来。索罗·穆古经过我时停了下来，摘下墨镜，用乌黑的眼睛紧盯着我，然后用小到其他人根本听不见的声音说道：“照顾好自己，小姑娘。外面有坏人……比如偷猎者。”

他说话时我一动不动，大气都不敢出。

紧接着，他狂笑起来，吓得我一激灵。他好像被我的反应逗乐了。“我知道这些事，我是一名巡逻员——对吧？”他继续大笑，露出了一口大白牙。

他哈哈大笑着走了，而我站在门口，全身僵住了——只有心还在怦怦狂跳。

55

索罗·穆古离开之后的那几天，我犹如惊弓之鸟。哈萨娜和内森知道我想告发索罗·穆古的事，也认为他绝非善类。不过他们向我保证，他不会动基金会的人，我在这儿是安全的。

他们可能是对的，但偶尔壮着胆子跑出去时，我还是会焦虑。

接下来的那个星期六，我对哈萨娜讲了自己紧张不安的原因，在和她一起去市场的时候。在哈萨娜眼里，那并不是一个真正意义上的市场，因为太小了。但和我老家的小摊位相比，已经很大了，到处都是吸引人的东西。

那天是休息日，我们漫无目的地四处闲逛。这里有个人在代销我妈妈做的凉鞋。我希望知道他姓甚名谁，那样的话，我就能去拜访他了。

哈萨娜说，如果不知道名字，也不晓得摊位在哪儿，那肯定没戏。“你知道这座城市里有多少卖鞋的人吗？”她说。

我从未想过这些。我很好奇，卖鞋的人是否也听说了妈妈去世的事，估计现在应该已经知道了。我还想知道，他是不是找了其他人来做鞋。我确信，他们做的鞋都不如妈妈的好看。一想到世界的某些角落仍有人在穿着我妈妈做的鞋子，我感到一丝安慰。

“这个好漂亮，是不是？”哈萨娜一边说，一边用手轻轻摩挲精美的布料。最近，她开始在空闲时做裙子。她拿起那块布，更仔细地端详着。我却分心了，一直盯着站在她身旁的那个男人。

我们待过的货摊，他也会停下来瞧上两眼。他是个肩膀很宽的高个子，猛一看还以为是索罗·穆古的兄弟。和我们一样，他也什么都没买。我不明白为什么一个男人会围着卖布料、珠串和耳环的摊位打转。有那么片刻，我俩四目相对，他还冲我笑来着。一个充满善意的微笑，但我仍保持着警惕。

“我觉得那个人在跟踪咱们。”我悄悄对哈萨娜说。

“谁？”她边问边转过身。

“现在别看。是那个穿白衬衫的高个子男人。”

“但为什么会有人……”哈萨娜突然停了下来，“索罗·穆古？”

“不，不是他。但也许是他的手下。”我回答，心里知道这个说法听起来有些牵强。

“听我说，他没理由伤害你，所以别太担心。希望有一天咱们能找到扳倒他的证据，不过在那之前，也许他真的只是想打听他儿子的下落呢？”她伸出手摩挲着我的胳膊，让我宽心，“来吧，帮我看看，这个还是这个？”她把两个带珠子的耳环举到耳朵下面，一边一个。

我把索罗·穆古和那个穿白衬衫的男人抛在脑后，专心帮她选耳环。付完款，她想再去商店多买些布料。我喜欢和朋友逛市场，但这的确需要极大的耐心，因为她总是没完没了地买布料。

与此同时，我已经饿了，很想吃最爱的美味——涂着番茄酱和奶酪的薄面包，放在小火炉里烤，我每次来市场都想吃。这是哈萨娜推荐给我的一种美食——比萨，她第一次吃是在伦敦。

她就好像是我肚里的蛔虫，转过身来说：“我猜你是想去萨尔那里了。”

萨尔是一位意大利移民，我最喜欢的美食就是他做的。

我点点头，笑了，被人理解的感觉真好。“咱们回基金会见？”我说。

她点了点头，注意力早就被闪闪发光的玻璃珠子吸引过去了。

我转过身，沿着一条很窄的通道前行，两边全是货摊。被摊贩们团团围住的旅行团朝着我走来。对我来说，看见这么多白色面孔仍然很新奇。于是我停下脚步，盯着他们看。摊贩们把这些游客围得水泄不通，形成了一个圆圈，然后拿出自家的商品。他们推推搡搡，大声吆喝着。

“价格实惠。这个，五十先令。没问题，四十五。”

“女士，买这个，只要四十。给您优惠价。”

“三十先令，拿走。”

有那么一会儿，我被人群挤在中间，只好停下脚步。我改变了方向，决定绕过人群，放弃穿行而过的打算。

我经过一个小铺面，有个女人正给一个大声啼哭的小女孩编辫子。不知怎的，我在这迷宫般的货摊之间迷失了方向。哪怕已经过了这么久，我还是会在这种规模的市场里不知所措。几十家彼此紧挨着的铺面和到处堆满的商品，走走停停的动物和人，就像一个杂乱无章的小城市，每个人都在说着不同的语言。

离家之前，我只听过马赛语和斯瓦希里语。但在这个市场，能在各个角落听到英语、法语和中文，好似百鸟齐鸣。我环顾四周，想弄清楚自己的方位，随后反应过来，自己被困在了一条全是垃圾和箱子的小巷里。

我试着判断该往哪个方向走。这时有个人影从暗处冒了出来，向我逼近，速度越来越快。

56

我被吓得发不出声音来。还没来得及躲闪，我就被紧紧抱住，裹进了柔软的怀里。

“是你，是你，我的贾玛。简直难以置信！”

恐慌先是被惊讶替代，然后是宽慰，最后是万分欣喜。生平第二次，我差点儿晕倒在布萨拉·坎登格的怀里。

“您怎么来这儿了，阿姨？”

“我来看我侄子。他要结婚了，我想给他的婚礼置办点儿东西，然后就看见了你。但我拿不准是不是看花了眼！你说哪有这么巧的事？结果还真是你。这真是个奇迹。感谢恩克艾。”

她紧紧地抓着我的肩膀，上下打量：“你长大了好多，变成一个漂亮的大姑娘了。”

说着，她的眼泪夺眶而出。

“这是神的旨意，让我遇见你，祈求你的原谅。对不起，我的孩子，请原谅我。你离开后，阿露娜让我彻夜难眠。她问我为何抛弃你。我应该帮你做更多事，我真的太对不起你了。”

这一切都发生得太快，我一时间根本不知道该说什么。我仍在喘着粗气，危险警报刚刚解除，我还没完全回过神来。此刻，站在面前的是布萨拉·坎登格，而不是索罗·穆古。这太有冲击力了，弄得我完全搞不清自己身在何处。

“贾玛，和我喝杯茶吧！咱们说说话，好吗？”

我答应了。我们走到不远处的小茶摊，那里有几张木桌。布萨拉·坎登格的目光一直停留在我身上，看得我都不好意思了。“和我讲讲，你过得怎么样？把所有事情都告诉我。”

我和盘托出，给她讲了在基金会的这几个月是怎么过的，讲了我的工作，还有我交到的新朋友。我告诉她姆贝古正在茁壮成长。

“你呢？开心吗？”

“开心。”我很清楚这是真心话。

“我为你高兴。不过……不过我觉得你该回家了。”

她的话让我大吃一惊。请求我的原谅是一回事，可让我回去却完全是另一回事。

我回去做什么呢？在基金会，我已经开始了新生活。跟姆贝古和其他动物待在一起我很高兴。我无法想象孤身回到小院后，特别是妈妈已经不在的情况下，自己要如何生活。

我喝了一口茶，假装在思考，但其实心中早有答案。

“我绝不再回去，布萨拉阿姨。现在我有了新家。我原谅您，原谅所有人，但也请你们理解我。”

她望着我，好像不知道该怎么看待我。我对这个表情早就习以为常了。“好吧，那我再来的时候，能去看你吗？带你去喝茶？”

“我很愿意，阿姨，非常愿意。”

“你要知道，我们欢迎你回家，什么时候都行。”

可事实是，*我已经在家了*。现在，基金会就是我的家。

她伸出结实的臂膀，再次把我拥进怀里。“啊，贾玛，你太像你妈妈了，坚强无畏。我知道阿露娜一直在护佑你，她的内心肯定充满了自豪。”

57

遇见布萨拉·坎登格的那天晚上，我没有做噩梦，这还是自妈妈去世后头一次。

在梦里，我见到了妈妈，但感觉很好。她穿着白色长袍，一边笑一边唱歌。第二天，相同的旋律仍萦绕在我的脑海中。我发现自己在哼唱《玛莱卡》。这首歌让我感觉她就在我身边。

我正忙着给每间棚屋补给干草时，听见大门入口处一片嘈杂声。只见一辆基金会的卡车驶进了车道，卷起一片红色尘土。工作人员全都放下手里的活儿冲了过去，就像姆贝古来的那天他们所做的那样。卡车上有张床，上面躺着一只浑身是血的小象——小到不可思议。

现在，我已经习惯看到受伤的动物来到这里了，但这依然让我心碎。每当有小象失去妈妈，或者小象受了伤，我心里都会特别难过。不过，与此同时，我也稍感安慰，因为这意味着又有一只大象获救了。

我赶了过去，帮忙救助新成员。大家都知道我能安抚大象，所以有新来的小象时，他们总是叫上我。当医疗队开始工作时，我也进入自己的角色，看着小象的眼睛，用柔和的声调跟它说话。

“你会好起来的，你很安全。”我轻声呢喃。

仔细查看小象的伤口时，我怒不可遏。那是一个开裂的锯齿状口子，有一根铁丝扎进了它的肉里。

“又是一个陷阱！”马修说。他毫不掩饰自己的愤怒。

这是偷猎者诱捕动物的伎俩。他们将铁丝绕在一块木头上，以此来缠住大象的腿。这非常残忍，会给动物带来很深的伤口，给它们造成巨大的痛苦。有时候，小象也会不小心被这些陷阱困住。

看伤口裂开的方式，我知道它一直在挣扎，但越是挣扎，铁丝就扎得越深。这正是陷阱想要达到的效果。

当其他护理员监测小象的生命体征，密切关注它的心律时，马修拿起一把配有蓝色手柄的大钳子，剪断了小象腿上的铁丝。

“看来我们去得很及时。”达菲娜说，“它的运气真好，竟然被发现了。”

的确，这只小象是幸运的。因为落入陷阱的动物往往在获救前就饿死了。

小象的心律逐渐稳定，伤口也被清理干净。这时，马修让我把绿色的黏土涂在象腿上，这有助于伤口愈合。

我涂黏土的时候，对这个新伙伴讲了一个故事：这里有一个调皮贪玩的朋友，叫姆贝古，你们很快就会见面了。我冲它说话时，它的眼睛睁大了一点儿。我看见它眼底的悲伤在慢慢退去，但也可能只是我的想象。

我正想着给这位新朋友取个什么样的好名字，达菲娜冲进了屋子。带小象过来的那个男人在后面紧跟着。他很魁梧，脸上有一道伤疤，头发是金黄色的。

“贾玛，来听听这个……”达菲娜兴奋地转过身，对那个男人说，“告诉她你刚刚和我说过的话，拉吉。”

“是抓住了偷猎者这件事吗？”他问。

达菲娜没等他说，自己忍不住先把消息说了出来：“索罗·穆古被抓啦！”

58

我看看达菲娜，又看看那个男人，试图消化这个令人震惊的消息。

“你认识他？”拉吉挑了挑他那浓密的橘色眉毛。

“穆古工作的那个保护区就在贾玛家附近。”达菲娜说，“是她最先告诉我们发生了什么——几个月前，她看见有人向穆古行贿。然后，我们上报了这个情况。调查就是这么开始的，所以，贾玛就是我们的英雄！”

她笑容满面地望着我，可我还没完全反应过来，仍在拼凑这些信息碎片。当你最渴望发生的事成真时，要花些时间，大脑才会相信这是真的。

“发生了什么事？”我终于开腔了。

“是这样，刚才带来的那只大象是我们在奈本加保护区发现的。”拉吉解释道。

再次听到这个名字，仿佛昨日重现。

“我们听说前几天在那儿抓到了一些偷猎者。显然，有些巡逻员早就知道这片区域有偷猎者——这得谢谢你——知道他们一定会来，所以守株待兔。偷猎者一到，巡逻员们就开了火，偷猎者也进行了反击。双方交火的时候，两名偷猎者被抓，但还有两个逃走了。”

“那大象呢？”我问。

“很幸运，它们趁乱跑了。不过今天，在离交火处不远的地方发现了这只小可怜。那里有个陷阱。”他指了指已经开始心满意足晃尾巴的小象，“我们推断，象群奔逃的时候，它丢了妈妈，肯定是迷路的时候落入了陷阱。”

我听得怒火中烧：“那索罗·穆古呢？他是其中一个被抓的吗？”

“不是。被抓的那两个偷猎者供出了索罗·穆古。据他们交代，是索罗把巡逻的时间告诉了他们，让他们知道什么时候无人值守。”

我欣慰地笑了：“我就知道自己对他的判断没错。”

达菲娜对我回以微笑，好像我俩在比赛谁笑得更灿烂。“你的判断当然没错！只是我们必须得有耐心。咱们知道他迟早会被抓起来。天网恢恢，不是吗？”

的确如此。

拉吉接着说道:“穆古这个家伙有‘杰出巡逻员’的美誉，只有掌握确凿的证据才能将他绳之以法。不然哪怕偷猎者把他供了出来，也没人相信。那些话会被当作是对穆古的打击报复。”

“那他是怎么被抓的？”达菲娜问。

“你会相信吗？是他的亲儿子，和一位很老的老婆婆，证实了偷猎者的供词。”

我的心里咯噔一下子。

“我想说，那个老婆婆指控他，我能理解。但他的亲儿子……”他难以置信地摇了摇头。

“是纳赛里安和勒库。”我轻声说。

这么说，纳赛里安肯定是收到我的信了。我有种大获全胜的感觉。也许，那谈不上是确凿的证据，但它还是发挥了一定的作用。而勒库呢？他敢站出来反抗自己的父亲，我真为他感到骄傲，这需要极大的勇气。

“你认识他儿子？他是你的朋友吗？”达菲娜问我。

没有丝毫的迟疑，我听见自己说:“是的，勒库是我的朋友。”

59

每天在户外工作，对时间的感觉会变得不同。我的生物钟以前以学校作息为准，现在则更多地顺应大自然的节律：太阳在天上的位置、满月、雨季和旱季。

我是在雨季降水量最大的时候到基金会的。那几个月里，几乎天天下大雨，四周全是灰蒙蒙的一片。大象们喜欢这样的天气——这样更适合洗泥浆浴。但对我来说可不算什么开心事，手指头和脚趾总是湿乎乎的，叫人不胜其烦。

然而，索罗·穆古被抓这个消息大快人心。我总感觉像在做梦。他被判了二十五年监禁。政府决定将他立为反面典型，用来震慑偷猎者。

所以，除了没完没了的雨之外，生活还是很美好的。我完全不知道还有哪些方面可能更好。

我在办公室清点当日访客的消费金额。这是基金会的收入来源：只需要支付一小笔费用，游客就可以观看大象或者给它们喂食。

当工作人员领着大象走到跟前时，排着长队的人群早已等候多时了。他们的表情总是很有趣，尽管大部分时候看不见这些游客的脸，因为它们都藏在高高举起几乎没放下过的相机和手机后面。我想对他们说："尽情享受吧。"不过我从没这么做过。

我数钱时，内森把一个棕色盒子扔到了桌上。

"这是什么？"我问。

"一个包裹。寄给你的，今天刚送到邮局。"

我从未收到过包裹。哪怕不知道里面放的是什么，还是感到无比喜悦。我用手指轻轻抚过那行用黑墨水写的字：贾玛·安扬格，大卫·谢尔德里克野生动物信托基金会（代收）。

我打开抽屉拿了把剪刀，在拆包前又盯着它看了一会儿。可接下来我就有些迫不及待了，既期待又好奇，心痒得不行。

最先映入眼帘的是一块布料，我马上就认出了这熟悉的橙红色纹路。这是我的束卡！在俄诺托成年礼上穿过的那件。

我把它拿了出来，捧到眼前。妈妈和小屋的气息扑面而来，有烟味，还有妈妈用来涂抹的椰子油的味道。我轻抚布料上的精美纹路，泪水不停地在眼里打转，最终还是夺眶而出。

盒子里还有东西，我很快认了出来，那是爸爸曾随身携带的小皮包。他去世后，妈妈一直把它带在身边。

上面还粘着一张字条，是布萨拉·坎登格写的：我希望这些物件归你所有。这样，你就能时常想家了。

好像只有这些还不够似的，我竟然在盒子里又找到了更多……

60

盒子底部有个白色信封，上面写着我的名字，全是大写字母。里面装着一封信，是按三等分折叠好的，干净整齐。信上的字也是大写字母，笔画有点儿粗，是用蓝色墨水写的。

亲爱的大象女孩（开个玩笑）：

我想你已经听说我爸爸入狱了。你对他的判断是对的，我对他所做的一切感到抱歉。我听说，你的朋友姆贝古过得很好，你也很好——你们在大卫·谢尔德里克野生动物信托基金会生活。布萨拉·坎登格告诉我，她找到了你，知道你过得很开心。她每天都去看望纳赛里安，有时放学后我也去。男生们都取笑我说：“你为什么和那个老奶奶待在一块儿？”可她会讲很多有趣的故事，对我也很好。我帮她挤羊奶、捡鸡蛋，她付给我一些钱。我正在攒钱，准备离家的时候买辆摩托车。

我要和叔叔一起生活了。他是个珠宝匠，住在马加迪[1]。我妈妈说，我爸爸不在身边了，但我仍需要成年男人的照顾，没了我爸爸那份薪水，她没法儿多养一张嘴。

有时候，我很害怕离开家，到从没去过的地方开始新的生活。以前我尝试过，爸爸状态不好时，我就跑到灌木丛里。我想我能靠自己活下去，哪怕遇到鬣狗，也比和我爸爸待在一起好。但我只坚持了五个晚上。然后我想到了你是怎样开启新生活的，就又有了再试试看的勇气。不过，这次是住在一间真正的房子里。哈！我告诉纳赛里安我要离开村子时，她说：“有阅历的双眸才会闪烁智慧的光芒。”我想这是她送给我的祝福。

我叔叔经常来内罗毕出差，我也会跟他一

① 马加迪，肯尼亚南部城镇，位于内陆湖马加迪湖东岸。

起。所以，我想……也许在某次出差时，能见到你？希望如此。你会发现我已经长得很高，所以不能再叫我“短腿河马”了。另外，我相信你手上还有我那双凉鞋，并且相信你还没扔掉，所以我会要回来的（开个玩笑）。

真希望能很快收到你的回信并见面，愿那天早点儿到来。

你的朋友勒库

“什么事让你乐成这样？”

听到内森的声音，我才发现他还在那儿，正靠门框站着。

他留意到我紧紧地握着束卡、皮包和那封信。

“没什么事，没什么事。”我不好意思地回答，“只是过往生活的回忆。”

但我应该说的是：所有事。

61

“这可是你第一次约会！”就这么一会儿工夫，哈萨娜至少咕哝了十遍。

“不是约会。”我越来越烦躁，但尽量不表露出来。我真希望自己从没和她提过要见勒库的事。

但我已经把和勒库通了一整年信的事告诉她了。甚至在深夜，我俩围在壁炉前时，我还给她大声朗读了部分内容。但没念过浪漫的句子，从没念过，那些只属于我自己。

“我第一次约会也是在你这个年纪。”哈萨娜说，“他叫奥兰多·奥马托拉。我们得偷偷溜出去，因为双方家长都禁止我们约会。我想，这也是这件事令人兴奋的一部分原因，因为实际上他相当无聊，而我很快就意识到了这一点。”

听她这么一说，我很想知道妈妈会怎样看待这件事：阻拦还是鼓励？

其实，对于一个孤儿来说，这种耗费心神的事根本不可能存在，但我还是会猜测父母会怎么看待我的生活。我希望他们为我感到自豪。我有点儿确信他们会认可勒库，这个总是阴沉着脸、爱打架的家伙长成了一个会在信里引用诗歌的男孩。

想起他在最近一次信里所写的一首关于黑夜渴望太阳的诗，我的内心一阵激动。我不知道这种感觉是因为爱还是因为神经敏感，或者是两者兼而有之。

勒库因为他妈妈生病——一场严重的疟疾，而推迟了前往马加迪的计划。他要留下来照顾两个妹妹，等妈妈逐渐康复后才去叔叔家。也因此直到现在，我们才有机会见面。

就在今天。

虽然有好几个月的时间做准备，但我仍然紧张不已，就像胃里有太多蝴蝶在扇动翅膀。我担心等到见面那一刻，和他说话时，从我嘴里冒出来的会是蝴蝶而不是声音。

“选哪个？”我转过身来问哈萨娜哪串珠链更适合搭配她借我的白衬衫。

“红色那串。放轻松。”

我戴好项链，又瞧了瞧。在勒库眼里，我还是那个骨瘦如柴的十二岁女孩吗？还是说，这次见到我时，他会大吃一惊？有时候，当镜子里的年轻女孩看着我时，我仍会感到不可思议。

“时间到了，快去，快去，你要迟到了。”哈萨娜说着把我往外推，还塞给我一把旧雨伞，“拿上这个，你会用到的。”

虽然还没到雨季，但阴沉沉的天空已经下起了雨，淅淅沥沥的，没完没了。这样的雨会下上一整天，而基金会门前那条铺满碎石子的小路也积满了雨水。我只有蹚过这条泥路，才能到达主路旁的公交车站。

最重要的是，我们把碰头地点约在了外面，就在位于市场一角的皇后市集杂货店外。那里有长椅，而且紧挨着萨尔的店。选这个地方是我的主意，我想让勒库尝尝那里的比萨。

但这个计划显得越来越不明智。只要在碎石子路上走上一半路程，我和哈萨娜昨天买的二手仿鹿皮高跟鞋肯定就会湿透，变成棕色。

也许，下雨是在预警，让我乖乖待在家里。也许，每件事都不顺说明要有什么事情发生。我可以脱下这件白衬衫，换上工作服，去外面找姆贝古。我们盖同一条毯子，相互依偎，像过去的无数个夜晚那样。

62

“也许我不该去。”

哈萨娜的脸突然出现在镜子里，紧挨着我。这时，我才意识到自己刚才很大声地说出了心里话。

她的眼睛瞪得溜圆。“你当然要去！”她说。

“我……我……去不了，下雨了。我确信换个时间也能见面。”

“从什么时候开始下雨也成了你的拦路虎？”她把手放在胯上，像是在逼问我，“贾玛，一个几乎天天与大象一起洗泥浆浴的人，今天居然被几滴毛毛雨吓住了？”

“可我费了好大劲才把头发拉直，在雨天走一趟它们就全都打卷了。这不白折腾了吗？”虽然知道自己像是在发牢骚，但还是忍不住再挣扎一番。

“贾玛，你得去！”

“但是鞋子会弄脏的，而且……”

“没有什么‘但是’。”哈萨娜打断了我的话，“你所要做的就是把新鞋放到包里，上公交车后再换上。”她从地板上拿起一双红色的鞋，一边塞给我一边说:“或者还有更好的方案，那就是我陪你走到主路，然后你在公交车站换鞋，我再把你这双脏鞋带回来。”

“万一他没出现呢？”我问道，看她扬了扬眉毛，赶紧补了一句，“我是说，他可能会被雨耽搁或者遇到其他什么事。”

“哦，那你就回来。”她找了个塑料袋，把我的鞋装好，“你又不是千里迢迢地去奔赴一生挚爱。他只是个朋友，对吧？所以，如果他不出现，你就回家来，继续生活。就这么简单。”

我别无选择，只好点点头。哈萨娜下了个套，而我直接钻了进去。如果不同意她说的话，那我就是在承认与勒库见面是件大事，比我嘴上承认的重要得多。公交车一点点驶向市场，我越发焦虑不安。座椅冰凉，可我一直在出汗。衬衫湿漉漉的，可我无法归罪于这场雨，因为雨已经停了好一会儿了。

像往常一样，市场热闹得像个大蜂箱。我来到碰面的地方，一遍又一遍地张望，四下寻找一个与众不同的四方脑袋。可我没发现他的身影。我的心一下子沉了下去，就像一个泄了气的旧气球。

我走到一棵伞状合欢树下的长椅旁，但没打算坐。我紧张地来回踱步，在我走到第五趟，在长椅那边准备折返的时候，我看见了他。

他背对着我，但我认出了那个脑袋的形状。我朝他走去。到近处时，眼前这个方肩膀的光头少年变回了那个穿着脏校服，咧着嘴笑，一脸顽皮相的小个子男孩。

而我也在突然之间回到了十二岁，变成了那个骨瘦如柴，走路磕磕绊绊，在河边奋力打水的小女孩。

以前我想象不出见到勒库时会有什么感觉……难过？害怕？充满歉意？但这一刻，我知道了，那不是某种单一的感觉，而是一股混杂了多种感受的情绪洪流，荡漾在我的内心深处；也像一场净化心灵的甘霖，倾泻而下之后，一股暖流淌遍全身。我惊讶于这种感觉，不由得大笑起来。身边来来往往的行人好奇地望着我，但我一点儿也不在意。

我向勒库跑去，刚巧他也转身看见了我。我不假思索地伸出双臂，想要拥抱他，但马上停在了半空。我太热情了，羞得只想钻进地缝。我垂下胳膊，感觉脸颊发热，就像被架在火上烤。

勒库冲我笑了笑，他看上去更帅气了。

我练习了上千遍开场白，但当这一刻真的来临时，却卡壳了。

见到他让我想起了家，我激动得差点儿拥抱他，令我尴尬不已，我一时语塞，不知道该怎么告诉他我多么高兴。因为就在刚才，我发现过去那些关于村子、妈妈、沙巴和爸爸的回忆不再令我心痛了。我感到开心，因为我已经走了那么远的路，克服了那么多困难，未来也不再令我心生畏惧。事实上，我很想看看将来会发生些什么。

*说点儿什么吧，贾玛。*令人欣慰，我终于说出了那句早就想好的开场白。

“你好，长腿河马。”我说。

他拉起我的手，说道：“你好，大象女孩。”

尾声：五年后

过十八岁生日的时候，我收到了很多礼物：内森送了一套做工精美的跳棋，哈萨娜送了一件手工缝制的裙子，而达菲娜送我的礼物是“转正”。现在，我已经长大，可以当一名正式的大象护理员了。我穿上属于自己的绿色工服，清爽又洁净，右上角还有我的名字——是用很漂亮的连笔字写的。这一刻真令人振奋，就像考试拿了全 A，我心中涌起强烈的自豪感。

当我身穿新工服昂首阔步时，达菲娜也怀着同样的心情笑容灿烂地望着我。

“祝贺你，贾玛。也许你很快就会接替我的岗位了。”她冲我眨了眨眼。

我知道这只是个玩笑——至少目前如此，但她的话让我萌生了一个念头：希望有朝一日自己能成为基金会的负责人。

但就当下来说，除了成为正式员工和有了新工服，每天的工作和生活一如往昔。我把动物们居住的棚屋和睡眠区打扫干净，给它们喂食、洗澡，评估它们的日常行为。如果有刚获救的“遗孤”，我就去安慰它们。

另外，还有一项痛并快乐的工作：将大象放归野外。我们第一次带一只大象重返自然时，我才来基金会几个月。那是姆瓦索迪被放归的日子，它让我头一次意识到姆贝古终有一天也会离开基金会。

达菲娜提醒我说这是好事，我们工作的终极目标就是让这些大象回到它们本来居住的地方。可我忍不住感到担忧。这些大象已经和我们一起生活了几个月，甚至几年，现在它们该怎么在野外存活下去？但达菲娜解释说，大象的生存本能会发挥作用，同时它们还能向其他同类学习怎样照顾自己，就像从小在荒野长大一样。

而且，我们不会突然在某天把它们丢在外面，这是一个循序渐进的过程：大象在护理员的带领下离开基金会，去荒野之中旅行，旅行的范围也越来越远。

这期间，护理员会鼓励它们与野生象群互动，这样它们也许会与象群中的某一位成员交上朋友，从而融入其中。幼象们则开始学习各种野外生存的技巧，并拥有越来越强的独立性。到了夜晚，它们仍回基金会。不过随着时间的推移，几个星期或几个月后，它们就做好了足够的准备，和新的家庭生活在一起。

几年前，她和我说这些时，我正看着姆贝古和拉勒拜一起玩。尽管我知道动物属于大自然，但很难想象放归野外会比生活在安全有爱的基金会更好。

所以，当姆贝古回归野外的这一天终于到来时，我一睁眼就感到灵魂深处隐隐作痛。在完全清醒之前，这种感觉一直涌到胸口。我花了好几分钟才想明白为何这么难过，这和妈妈去世时的痛苦是一样的，而我已经很久没有过这种感觉了。

时间疗愈了我，但伤疤依然会疼。

吃早餐时，哈萨娜、内森和其他护理员围坐在一起，开着玩笑，希望逗我开心，以此缓解气氛。

“你觉得姆贝古会回来几次？”哈萨娜问。大象被放归野外后，往往会漫步回到基金会，几天或几个星期后才彻底离开。

“姆贝古很可能会跟着咱们回家。”内森开了个玩笑，大家都笑了起来。

我试图跟着一起笑。我很清楚他们的好意，但眼泪还是忍不住淌了下来。

“对不起。”我向内森道歉。他一脸尴尬，因为他的笑话适得其反了。

“好姑娘，没关系的。”哈萨娜摩挲着我的后背。这时，阿丹和其他护理员都不再说什么，好让我平复情绪。“就像我之前说的，如果你还没做好说再见的准备，咱们可以再等一两周。”

“不用了。”我抽了抽鼻子，“它已经做好了准备，咱们等得够久了。”

过去几周带姆贝古出去时，它独自探险的范围越来越大。它对世界充满好奇。和小时候一模一样，无论把它带去哪儿，它都会四处转转，看看有没有新发现。在荒野，它看上去快乐又自在。有群大象（大约十二只）一直在内罗毕国家公园南部活动，它们欣然接纳了它。怎么可能会不接纳呢？所有人都爱姆贝古。

想到这些，我不再哽咽，尽量让自己做好说再见的准备。

我们在内罗毕国家公园开了大约两个小时的车——姆贝古待在卡车后方。现在，它已经将近四点六吨重了，需要一辆特别大的车——比几年前刚来时要大很多很多。

最终，我们找到了那个象群——姆贝古未来的家人，它们正大口嚼着合欢树的叶子。成年大象折断树枝，递给小象吃。我们停好车，从上面跳下来，给姆贝古解开绳子。我感觉它知道要告别了，因为它不像以前那样马上开始探索新环境。这次，它一动也不动。

我试着鼓励它继续探险，它用鼻子搂住了我的脖子，还是一动不动。我也舍不得让它走，想叫停这一切，但那样未免太过自私。

我想起妈妈曾担心如果她不在我身边，我将无法应对。那时候，我只觉得她太过焦虑，却不理解爱一个人时自然会产生那样的情感。然而，尽管妈妈很担心，但她也知道我们不会永远在一起。我记得她曾告诉我，生活就是如此，我们终将与爱的人分离。几个月前，得知纳赛里安仙逝时，我也是这样对自己说的。这只是生活的真相之一。

话虽如此，刺骨的疼痛还是又一次涌上心口。我的理智与情感在相互撕扯。

我轻柔地将姆贝古的鼻子从我的脖子上挪开。它现在比我高，我仰起头才能看到它的眼睛。

"我会非常想念你的。"我对它说，"不过，在大自然里，你和自己人待在一起才是最幸福的。我是说，你的同类。你明白我的意思。哦，这可比我预想中的难多了。"

我深吸了一口气，尽力控制住自己的情绪。那只名叫露娜（取这个名字是为了缅怀妈妈）的大象正满怀期待地望着我们。露娜一直特别关注姆贝古，我把姆贝古托付给了露娜。

“我永远不会忘了你，好吗？”我继续说，为了姆贝古而尽力展示出坚强的模样。当然，我知道大象用不同的方式体验情感，它们不会讲人类的语言，但我依然觉得姆贝古能懂。我们总是能理解彼此。“你会做得很好的，姆贝古。”我说。

我试着对这场告别心怀感激。毕竟，我们很少有机会说再见。

似乎听到了我的心声，姆贝古把鼻子伸到我面前，在我的脸颊上用力地“亲”了一下。我放声大笑，它的确知道我们正在分别。“哦，姆贝古，我全身心地爱着你。”

说完，我向后退去，走到哈萨娜和其他伙伴身边——他们一直在不远处看着。露娜稳步走来。它比姆贝古壮多了，高出姆贝古一大截。姆贝古仰头望向露娜时，我的心怦怦直跳，屏住呼吸静待接下来要发生的事。它们面对面站着，轻轻地扇着耳朵，似乎正在进行一场凝视的比赛，或是世界上最静默的摊牌。接着，露娜伸出鼻子碰了碰姆贝古的耳朵，然后又碰了碰另一边。

这幕问候的画面在我眼中一片朦胧，因为泪水早已打湿了双眼。

露娜嗅了嗅姆贝古的耳朵，将鼻子凑到它的鼻子跟前来回摆动，不时轻柔地碰碰它的鼻子。姆贝古有样学样，很快它俩的鼻子就互相碰撞起来，有些像击掌的慢动作。露娜和姆贝古的鼻子卷在一起，它们就这样站着，互相缠绕，好像过了好几个小时。但事实上，可能连一分钟都不到。当它们终于松开彼此时，露娜甩着鼻子，大步流星地朝象群走去。姆贝古跟在后面走向它们。

"它走了。"我的声音又高又尖，因为我在使劲儿控制着内心的恐惧——我可能再也见不到姆贝古了，而对此我却无能为力。

"成功了！"大家欢呼雀跃，很高兴看到姆贝古步履轻松地步入一个新家庭。我希望自己能感受这份喜悦，但心头仍是一片愁云惨雾。

姆贝古转过身来，最后一次看向我。我感觉到它在笑，于是也回以微笑，并鼓足勇气抬起发沉的胳膊，向它挥手告别。

驱车返回基金会的路上，我的脑海中一直循环播放着姆贝古与我一同玩耍的画面，那是我最爱的记忆片段。很高兴大家没有试图让我打起精神，只是静静地返回。我已经决定不吃晚饭就直接上床睡觉。这将是没有姆贝古陪伴的第一个夜晚，我想尽快熬过去。

然而，当我们把车开到基金会门口时，一个熟悉的身影出现了。是勒库，他是从马加迪赶来的。这几年，我们一直保持书信往来。他到内罗毕时，我们就见面，每个月一次。我没想到夏天结束前，他会再来看我。

卡车停在了入口处，伴着发动机隆隆的轰鸣声，勒库高声大喊："我知道你今天会很难熬，特地来给你鼓鼓劲儿！"

我跳下车，抱住了他。与第一次见面不同，这些日子以来，每次拥抱他，我都没有丝毫犹豫。

事实证明，勒库来这儿可不只是给我打气的。他有备而来，带着一个惊人的计划——他向我求婚了。

我定在那儿，凝视着他。他咧嘴笑着，充满热切的渴望。多年前妈妈对我说的话再次响起，如此真切，仿佛她就在身边，在我耳边轻声低语："等你再大些，遇到一个特别的人时，就不会这么想了。那一天到来时，你对婚姻的所有负面想法会瞬间消失，还会觉得结婚并没那么糟糕。"

她说得对，当然妈妈的话总是对的。我的双臂环抱着勒库的肩膀，答应了他的请求。我想到了妈妈，如果她在现场，肯定会说："我说得没错吧，贾玛？"然后露出一个灿烂的笑容。

勒库的叔叔一直在教他做珠宝生意，现在要搬到内罗毕经营。

我不想离开基金会，勒库又没法儿搬过来同住，所以别无选择。等到苦乐交织的那天来临时，我要试着和姆贝古一样勇敢面对。

我和勒库搬进了一个小公寓，公寓楼下就是他卖东西的铺面。每天，我开车去基金会上班。此外，我还会开吉普车到内罗毕国家公园转转，寻找姆贝古的踪影，每月至少一次。

我从未见到过它，但也从没放弃。无论在哪儿，我都会时刻留意，尤其是当有我们先前照顾过的大象孤儿找回基金会时。

有一次，我正在给一个名叫赛莱斯特的“新住户”喂奶——两周前，我们在丛林里发现了快要饿死的它。它瘦骨嶙峋，十分虚弱。我们推断它的父母遭到了偷猎者的射杀，考虑到它极度缺乏营养的身体状况，我们不分昼夜地给它喂食。就在它刚喝完第三瓶奶时，我听到从远处传来沉重的脚步声，感觉地面都在颤动。

我一只手搭在赛莱斯特身上安抚它，另一只手遮住阳光，眯着眼睛望向远处的地平线。我辨认出那是三只大象，最大的那只走在最前面，另外两只跟在斜后方，形成了一个V字。

它们走到近处时，我看出走在后面的那两只是象宝宝，走在中间的那只大象想必是它们的妈妈了。

“不可能，”当看到这位妈妈的脸时，我惊讶地吸了一口气，“这不可能。”

我跳起来想看得更清楚，但没有这个必要了。那气定神闲的步伐，那满是慈爱的大眼睛，我无须看第二眼就知道是它。这不是幻觉，是真的。它就在那儿……我的姆贝古。

它已经当妈妈了，它正带着孩子们来看我。

姆贝古一下子就占据了我的心。几乎就在一瞬间，我的心里全是它，满满的都要溢出来了。我以最快的速度安顿好赛莱斯特，然后翻过围栏朝它们跑去。

它看见我之后，马上跑了起来。两个宝宝紧紧跟着。当它来到眼前时，我伸出双臂抱住了它，我以为再也没有这样的机会了。不过，它已经成年，我能给到的最大拥抱就是伸出双臂紧紧贴住它那壮实而宽阔的胸膛。它用鼻子揽住我的肩，用鼻头轻触我的脸颊。

“我以为再也见不到你了。”我说。

它轻吼一声，以示回应。

姆贝古的两个宝宝站在两侧。它轻轻地推了推它们，介绍给我认识。起初，它们有些害羞，但当我上前拥抱，用手摩挲它们的鼻子时，它们马上依偎到我身边，调皮地舔起我的脸来。

“来吧。”我对姆贝古说，“咱们去和大家打个招呼。”

它带着孩子尽职地跟在我后面。两个宝宝就像姆贝古刚降生时一样，瞪着大眼睛，扇着两只超大的耳朵，对这个世界充满好奇。

“达菲娜！”我高声喊道。

达菲娜的下巴都要掉下来了，她赶紧按铃，跑到门口让我们进去。员工们都放下各自手里的工作，聚到我们跟前，想看看到底发生了什么事。

我眼瞅着他们的表情在几秒钟内发生翻天覆地的变化：从惊慌失措到难以置信，再到欣喜若狂。

“哎呀，瞧瞧这是谁！”内森喊道，“我告诉过你，它一定会回来的！”

“我的老天！”马修说，“姆贝古，你是一只了不起的大象。”

“它带着孩子来了！”我无比自豪地告诉他们，就好像这两个宝宝是我的。

我们全都站着，围拢在一起，为这次团聚欣喜不已。我看着姆贝古的眼睛，就像在它很小的时候常做的那样，确信我俩拥有一种共通的秘密语言。*我知道你会回来*，我对它说，*我知道还会再见到你*。

“现在，它是一棵枝繁叶茂的参天大树了。”达菲娜对我说，声音很小，只有我能听见。

“什么意思？”我问。

“你给它取名姆贝古，因为希望这粒种子能茁壮成长。多亏了你……”达菲娜朝姆贝古张开双臂，好像在把它介绍给我，“它已经长大了。”

的确如此。它现在已经快十吨重了，高大、雍容，像猴面包树一样壮硕，还有了两个孩子。

然而，不管怎样，它永远都是我的那粒小种子，我的姆贝古。

作者的话

数个世纪以来，人类与大象和谐共处，两个物种有着各自的自然栖息地与领地。然而，人口的激增导致人类越来越多地侵占大象的领地。这种转变令人类与大象的关系日趋紧张，因为双方都在为自身的空间与生存而战。当前的状况很是危急，人类正在威胁大象的生存。偷猎者为了从象牙交易中牟利而猎杀大象，有些人把猎杀大象当成一项运动，而企业和社区又不断占用大象的活动区域。尽管世界各地有很多人对大象怀有极大的同情心，但它们的数量仍在持续下降。

这部小说是虚构作品，灵感来自亚非大陆很多国家对待大象的真实案例。我们努力真实呈现出一个生活在肯尼亚多元文化社区的马赛族女孩的日常生活，但考虑到故事本身，在创作上还是做了些改动。当然，一个马赛族女孩的生活里会有很多细微之处，我们把重点放在了贾玛成长的心路历程上：从一个时常缺乏安全感，梦想着与男孩拥有同等自由和权利的女孩，成长为一个独立、成功、快乐且有所成就的年轻女性。在故事中，贾玛遭受了失去亲人的伤痛，勒库因家暴而受到心理创伤。这都是很严重的问题，如果你或认识的人正遭受不幸或受到虐待，可以向值得信赖的成年人或组织求助，比如美国全国儿童创伤联盟（网址为 nacg.org）或儿童救助（网址为 childhelp.org）。希望你从贾玛和姆贝古的故事中获得更多有关大象的知识，并由此对人类与大象如何友好共处而非敌对厮杀有更深入的理解。那将是一个更加美好的世界，不是吗？

借此机会，我们向所有为这本书的出版付出过心力的人表达诚挚谢意。尤其要感谢在编辑层面给予协助的克里斯汀·普瑞德（Christine Pride），以及认真阅读并对马赛族文化提出精到见解的达马里斯·帕西陶博士（Dr. Damaris Parsitau）。此外，索菲亚（Sophia）还要向梅丽莎·德·拉·克鲁兹（Melissa de la Cruz）和在这段人生之旅中帮助过她的每个人，以及这个她最心爱的项目表示感谢。

全世界有很多大象保护区和康复中心，那里的人们致力于帮助那些没了父母、受了重伤和身心脆弱的大象。照顾它们所需的开销很大，所以，这些组织经常四处募捐，并招募志愿者加入其中。这是帮助这些大型动物的最佳途径。让我们共同努力，让所有的生灵都能安居乐业。

译后记

照进心底的一束希望之光

书中故事，抚慰生活之伤

接到翻译邀约的时候，正值新冠疫情过后的第一个春天。那时，我已经在家休养半年，一边忙着照顾父母，一边慢慢恢复工作状态。编辑发来《大象女孩》的英文原稿时，我一下子就动了心。不过为了稳妥起见，我们商定先试译几章。就这样，在父母住院调养的日子里，我一边陪护他们，一边着手翻译。

从序言开始，一幅非洲草原图景逐渐出现在我眼前，给我一种如在梦境的恍惚感。那两周里，我每两天就跑一趟医院，生活琐碎而让人疲惫，心底满是无力感。非洲大草原对我来说遥不可及，仿佛来自另一个星球，甚至另一个宇宙。然而，也正是这份遥远的陌生感，让我暂时从现实中抽离，忘却了种种烦恼，进入东非肯尼亚一个叫贾玛的马赛族女孩的世界。

完成试译稿时，我已经垂直“入坑”，迫切想知道贾玛和小象姆贝古后来经历了什么。不过，我还是想先听听小读者的直接反馈。考虑到《大象女孩》的主要阅读群体是小学高年级学生，我找到年龄相符的好友的儿子。很幸运，小伙子说读起来很顺畅，字词也通俗易懂，这给了我很大的信心。更令我意想不到的是，好友也发来读后感，她和我一样，也被这个故事深深吸引了。他们的反馈给我吃了一颗定心丸。果然，一周后，我得到了编辑的认可，“获准”继续前往东非大草原，深入贾玛和姆贝古的成长之旅。那一刻的美妙心情几乎无法言说，好像上天给正在迷惘中的我打开了一扇大门，告诉我：人到中年，依然有很多可能性，勇往直前就好！

随着翻译的正式开始，我像追剧一般每天更新一章或两章，一点点深入书中主角贾玛的生活：贾玛见证了小象姆贝古的出生，和它交上了朋友；她有个生日只隔四天的好友纳迪亚，却彼此渐行渐远；她和妈妈阿露娜、曾姑奶奶纳赛里安在村里相依为命，但对外面的世界充满好奇；她与爱打架的新生勒库不打不相识，既有些烦他，又带着些许同情和欣赏；村子里新来的巡逻员索罗·穆古看起来凶得简直能直接吓跑盗猎者，可盗猎却屡禁不止……这些情节在小说前半部分徐徐展开，看似波澜不惊，实则暗潮涌动，贾玛和姆贝古的大挑战蓄势待发。

在翻译到三分之二处时，高潮出现了——贾玛的妈妈阿露娜被母象沙巴，也就是姆贝古的妈妈踩死了，沙巴因此丧命，而姆贝古也被贾玛的乡亲们围攻，生命危在旦夕。贾玛拼命护住姆贝古，但不知道该怎样救它……翻译这几章的时候，我的心情也跟着沉重起来，不想面对这惊心动魄、生离死别的场面。但此刻，我不仅要直面这些冲突，还要逐句打磨。这对我来说，真是个不小的考验——目睹姆贝古和贾玛失去母亲的痛苦，让我不时想起我父亲因新冠重症在急诊留观的日子，那种亲人处于危难，自己却无能为力的心情是相通的。

我只能不断调整状态，尽量从词句中抽离，一句一句、一段一段、一章一章……陪着贾玛走完这段痛苦的历程。在翻译到贾玛和姆贝古被大卫·谢尔德里克野生动物信托基金会救走，并在那个充满爱的环境里逐步康复时，我如释重负，就像当初父亲出院那一刻。贾玛和姆贝古终于闯过了生命中最大的难关，而我一路陪着她们，尽管是在书外，尽管是在与东非相隔万里的中国……

我没想到，贾玛和姆贝古的生命力，也给我注入了力量。诚然，她们是不幸的，一夜之间，失去了最亲的人，但她们也是幸运的，绝处逢生，走到了更广阔的世界——

姆贝古融入了新的象群，回归自然；而贾玛也遇到了她欣赏的女性楷模，读书学习，做护理员，成长为一位了不起的女性。在绝境中不退缩，依循内心的声音勇往直前，贾玛和姆贝古身上呈现出来的勇气深深地激励了我。这是处于低潮期的我收获的一份意料之外的珍贵礼物。

书中角色，彰显女性力量

三位作者合力创作，勾勒出贾玛和姆贝古生存的大环境：上至百年前纳赛里安的小时候，下至贾玛今天的校园生活，一部马赛族变迁史隐约可见。在古老的部族文明与现代化浪潮的裹挟下，人类发展与动物栖息的冲突在加剧，大草原上的女性也在成长。除了主角贾玛，《大象女孩》中还有诸多女性角色散发着独特的光芒。

纳赛里安

这位长者最开始出现在贾玛的描述里，“她就像一只蜂鸟，轻盈柔和地依偎在我的臂弯中”。纳赛里安年事已高，喜欢讲古老的传说和谚语，不喜欢发电机，只喜欢太阳光和火光。但当索罗·穆古在大会上欺世盗名时，只有这位不愿意跟随时代的老妇人敢于站出来捍卫大象；当贾玛藏着心事，不敢和妈妈说自己的秘密时，只有她能让贾玛坦露心声；当贾玛离开家乡去基金会时，也是她在默默守候，并在最后帮助贾玛终止了穆古的罪行。

纳赛里安，可以被视为马赛族老一辈女性的代表。她们亲历了非洲大地的变迁，内心始终依循人与大自然和谐共处的准则。

阿露娜

与其他女性角色相比，贾玛的妈妈阿露娜并不那么传统。在大家都劝她改嫁，建议她把贾玛培养得更像个循规蹈矩的女孩时，她温和而坚定地表达了自己对女儿的支持，以及对于重新走入婚姻的拒绝。她也间接塑造了贾玛的性格底色，让后续发生的一切有了合理的逻辑基础。

与女儿谈论友情、爱情和婚姻时，阿露娜更像个朋友，既尊重贾玛的成长节奏，又循循善诱，给出自己的建议。她独立而勇敢，与纳赛里安有着一脉相承的接纳与包容之心。同时，她也是个非常有力量的女性。在部落大会上，当纳赛里安遭到众人嘲笑时，她出面斡旋，重挫了穆古的气焰。她更是一位伟大的母亲，为了保护贾玛不惜牺牲自己的生命。

达菲娜与哈萨娜

达菲娜与哈萨娜是贾玛在大卫·谢尔德里克野生动物信托基金会的同事，代表着自由独立的年轻一代非洲女性。达菲娜在拯救小象的过程中表现出的专业和善意让人肃然起敬，她邀请贾玛留在基金会的举动更是为贾玛开启了通往新生活的大门。二十三岁的哈萨娜曾到英国留学，学成归来后选择回到家乡，她的经历让贾玛向往，因为那就是贾玛的梦想。

这些新一代的非洲女性让贾玛看到在传统的结婚生子路径之外，女性的生活可以有更多可能，从而有力量打破传统的桎梏，走向更广阔的天地。

书后启迪，与自然和谐共处

因为翻译《大象女孩》，我对非洲、肯尼亚和马赛族部落有了更多了解，也开始更多地关注非洲象的现状。每当看到有关大象的新闻或视频，我都会仔细阅读。书中提到，“平均每天有五十五只大象被猎杀”，这个数字真的是触目惊心。一只小象要在母象肚子里孕育大约两年时间才能降临到世上，而由于人类的贪婪，大象的数量正在逐年减少。虽然这是一个虚构的故事，但却扎根于真实事件。

盗猎者猎杀象群，愤怒的大象出于自保袭击人类，这样的惨剧到底是谁造成的呢？希望小读者们在读过这个故事之后，会有更深入的思考。

最后，我想表达一下诚挚的谢意！首先，我要感谢这本书的编辑七月，她的信任与支持，让我有机会走进这个充满力量的故事，参与到一本世界级佳作的中文版本的出版过程中！其次，要感谢支持我的朋友们：第一位试读小朋友乔乔和他的妈妈硕硕，同行好友小殷，在中国生活、精通中英双语的混血女生安娜贝尔，以及在英国工作、研究生物医药的好友泥巴，感谢他们在我翻译过程中的帮助，令我受益匪浅。再次，要感谢在编辑过程中付出心力的审校老师们，他们字斟句酌，提出了宝贵的修改意见，为《大象女孩》的质量保驾护航！最后要感谢的，是阅读这本书的读者——无论你是和贾玛差不多大的小读者，还是童心未泯的大朋友，感谢你选择这本书，走进这个故事。如果你在阅读过程中，有任何建议，也欢迎指正。

春去春又来。希望有越来越多的人加入到“大象女孩”的行列，关注这种可爱的生灵，为它们争取更友好的生存环境。也希望这趟非洲大草原的阅读之旅能为你提供一些成长的力量，愿你和贾玛一样找到属于自己的人生之路！

张靓靓　于北京

2024 年 3 月 3 日